Marie-Luise Scherer
Die Bestie von Paris

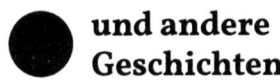 und andere
Geschichten

Mit einem
Nachwort
von *Martin
Mosebach*

Friedenauer
Presse

Inhalt

Die Bestie von Paris   7

Der letzte Surrealist   91

Dinge über Monsieur Proust   127

Kleine Schreie des Wiedersehens   163

Marie-Luise Scherer und »Die Bestie von Paris«   183
Nachwort von Martin Mosebach

Die Bestie von Paris

I.

MADEMOISELLE Iona Seigaresco hatte es eilig, eine alte Frau zu werden. Sie trug einen kleinen, braunen Filzhut, den sie sich, ohne das Echo ihres Garderobenspiegels zu beachten, einfach überstülpte. Nur fest und tief musste er sitzen und das Gesicht wegnehmen. Die Handtasche hing ihr an einem knappen Riemen vor der Brust. Sie ging stark gebeugt, was ihr jedoch nicht ersparte, die Obszönitäten am Boulevard de Clichy zu sehen, an dem sie wohnte.

In welcher Richtung sie ihr Haus auch verließ, immer kam sie an den Fotos mit den nackten Mädchen vorbei, die sich mit brechenden Augen die Lippen leckten und deren schwarzes, scharfkantiges Dreieck sich wie das Muster einer Bordüre wiederholte.

Am frühen Morgen schon, wenn sie zum Bäcker ging, fassten die Türsteher die Männer am Ärmel, und aus den Vorhängen der Etablissements trat die Kundschaft. Da es für diese Ereignisse am Boulevard de Clichy keine ungewöhnlichen Stunden gab, schirmte Mademoiselle Seigaresco ihre Sinne ab. Sie weigerte sich, jemanden zu kennen auf diesem Abschnitt ihrer täglichen Wege, und erwiderte keinen Gruß. Sie sah sich auch nicht um.

Erst wenn sie heimkehrend den Türöffner der Nummer 60 gedrückt hatte und das Schloss des geschmiedeten Tores aufsprang, betrat Mademoiselle Seigaresco wieder ein bekömmliches Milieu. Schon unter dem Säulengewölbe des Entrees, das dem Haus eine hohe soziale Einschätzung gab, setzte sie die Füße nur noch knapp voreinander, als läge ein Fassreifen um ihre Fesseln. Jetzt, wo sie sich außerhalb der Behelligungen des Boulevards befand, ließ sie sich in eine Gebrechlichkeit fallen, von der manche sagten, sie sei nur angeeignet. Wahrscheinlicher ist, dass es sich bei Mademoiselle Seigaresco, das Altern betreffend, um das Phänomen einer Nachgiebigkeit handelte. Dass sie mit einundsiebzig Jahren schon herbeisehnte, wovor sie sich am meisten fürchtete.

Vor ihr lag das Steinmuster des weiten ersten Hofes; neben dem hellen Aufgang zu den Wohnungen von großem, herrschaftlichem Zuschnitt die schwächer beleuchtete Lieferanten- und Dienstbotentreppe. Auch in der Loge der Concierge Laura Bernadaise, in die zu keiner Jahreszeit die Sonne schien, brannte das sparsame gelbe Licht.

Mademoiselle Seigaresco mochte die Pförtnerin, der über den neun Jahren, in denen sie ihr Amt versah, das Lachen nicht vergangen war, obwohl sie mit Mann und zwei Kindern in diesem dunklen Winkel lebte. Vor allem schätzte sie die feine Witterung der Madame Bernadaise, die sofort wusste, wenn Mademoiselle Seigaresco nicht gestört zu werden wünschte, wenn sie nur grüßen, weiter aber keinen Austausch wollte. Madame Bernadaise schlug dann einfach den Gartenschlauch zur Seite, mit dem sie das Laub in eine Ecke des Hofes spritzte, und ließ, ohne abwartend stehenzubleiben, die langsame Frau vorbei.

Am frühen Nachmittag des 2. November 1984, einem Freitag, bevor sie gegen Abend ermordet wurde, war Mademoiselle Seigaresco in den Parkanlagen des Hauses, das in seiner Gesamtheit mit allen Ateliergebäuden, dem Akazien-, Platanen- und Ölbaumpavillon, den Seiten- und Hinterhäusern den Namen *Cité du Midi* trägt, noch gesehen worden. Sie hatte ihre herbstliche Tätigkeit aufgenommen und abgestorbene Gräser und Blätter ausgezupft.

Es war der gewohnte, jedes Jahr wieder bizarre Anblick, den sie bot. Denn Mademoiselle Seigaresco stand so gebogen über den Rondellen und Längsrabatten, dass ihr Kopf verschwand wie bei einem eintauchenden Wasservogel. Sichtbar blieb ein steiler Hügel aus grauem Mantelstoff, von dem ein Gummihandschuh wegschnellte und in die Pflanzen griff.

Als Mademoiselle Seigaresco gegen 17 Uhr bei Madame Bernadaise klopfte, kam sie von ihren Einkäufen in der Rue Lepic zurück. Und wie immer hing ihr das Netz in der spitzen Form eines geschlossenen Regenschirms in der Hand, da sie außer einem kleinen Stück Fisch nur noch eine Lauchstange darin hatte, deren sandiger Bart über den Boden schleifte. Zum Klopfen benutzte sie nicht den Knöchel ihres Zeigefingers, sondern trommelte wie ein kleiner Hagelschauer kurz mit den Nägeln gegen das Fenster der Loge. Danach drückte sie die Klinke und steckte den Kopf hinein.

Ihre scharfe Nase lag halb im Schatten des tiefsitzenden Hutes. Vor dieser gekrümmten, kleinen Gestalt hatten sich die Kinder der Madame Bernadaise früher gefürchtet. Jetzt sprangen sie in der vergeblichen Hoffnung, dass Mademoiselle Seigaresco einmal den offerierten Stuhl annehmen und sich zu ihnen setzen würde, von ihren Schulheften auf. Sie wolle nur, sagte sie in der Tür stehend an den Jungen Carlos gewandt, an morgen erinnern, Punkt 15 Uhr.

Mit allen guten Wünschen für den Abend ausgestattet, überquerte Mademoiselle Seigaresco den ersten Hof bis zur Freitreppe, die in das mittlere Haus des tiefen Anwesens hinaufführte. Die Glasfackeln der beiden Statuen rechts und links der Treppe waren noch nicht angezündet, als sie sich mit ihrem Federgewicht über den Stufen entfernte. Es herrschte noch Dämmerung, jenes strittige Licht, welches für das Ermessen der Pförtnerin Bernadaise, die die elektrischen Hauptschalter zu bedienen hatte, noch dem Tag zuzuschlagen war.

Da Mademoiselle Seigaresco zum Wohle aller sparsam war, drückte sie nie den Lichtknopf ihres Treppenhauses. An jenem Spätnachmittag spielte Nicolas, der dreijährige Sohn von Pénélope Robinson, in der Eingangshalle. Pénélope Robinson war die Concierge für die hinteren Häuser. Wie das Kind Nicolas sich drei Jahre später zu erinnern glaubte, wurde es damals von einem dunkelhäutigen Mann gefragt, ob die Dame, die gerade die Treppe hinaufgehe, hier wohne. Da das Kind genickt oder ja gesagt haben mag, war dieser Mann ebenfalls die unbeleuchtete Treppe hinaufgegangen.

Für das bevorstehende Wochenende und den darauffolgenden Montagmorgen hatte Laura Bernadaise die Vertretung ihrer Kollegin Pénélope Robinson übernommen. Sie musste in deren weitverzweigtem hinteren Revier die Post verteilen und war froh über jeden, der sie sich selbst bei ihr abholte. Gewöhnlich sah auch Mademoiselle Seigaresco, obwohl sie auf nichts abonniert war und nur selten einen auffällig frankierten Brief aus Rumänien bekam, mit einer kleinen Fragehaltung ihres Kopfes in das Logenfenster.

An diesem Samstag hätte Madame Bernadaise die Post für Mademoiselle Seigaresco ihrem Sohn Carlos mitgeben können, der um 15 Uhr zu seinem Nachhilfeunterricht in Französisch mit ihr verabredet war. Aus Gründen der Korrektheit, zu denen die augenscheinliche Wichtigkeit des Briefes noch hinzukam, stieg Madame Bernadaise nach dem Mittagessen jedoch selber die drei Stockwerke hoch. Da sich hinter der Tür nichts rührte und sie um diese Zeit nicht klingeln wollte, legte sie den Brief unter die Matte. Als dann Carlos gleich nach 15 Uhr wieder bei seiner Mutter in der Loge stand, fügte sich Madame Bernadaise in die ihr selbst nicht geheuere Annahme, Mademoiselle Seigaresco sei erschöpft und ruhe sich aus.

Auch am Sonntag, wo dies ihr kaum noch vorstellbar war, wagte Madame Bernadaise es nicht, sich Gewissheit zu verschaffen. Sie fürchtete, in den Abstand, den Mademoiselle Seigaresco zwischen sich und der übrigen Welt eingenommen hatte, einzubrechen. Erst am Montag, als sie keinen Vorwand mehr brauchte, um sich in der dritten Etage des mittleren Hauses aufzuhalten, hob sie die Fußmatte von Mademoiselle Seigaresco an. Der Brief von Maître Dieu de Ville, einem Rechtsanwalt, lag noch immer darunter.

Madame Bernadaise verständigte ihren Mann, einen Polizisten, der nach seiner Nachtstreife zu Hause war und schlief. Dieser sperrte die nur eingeklinkte Tür mit dem Pförtnerschlüssel auf, vermochte sie jedoch nur einen Spaltbreit zu öffnen, da Mademoiselle Seigaresco tot dahinter lag.

Nach der bloßen Kenntnisnahme der sich täglich ereignenden Morde in Paris ließ der Tod von Iona Seigaresco Interessiertheit aufkommen. Die pensionierte, aus Rumänien stammende Lehrerin war die vierte alte Frau, die innerhalb von vier Wochen auf sich gleichende Weise ums Leben kam. An Händen und Füßen gefesselt, im Mund einen Knebel, lag sie erschlagen in ihrem Flur. Nase, Kinnlade, Halswirbel und die Rippen der rechten Seite waren gebrochen. Sie hatte noch den Mantel an, neben dem Kopf den Hut, neben der Tür das Einkaufsnetz.

Die Wohnung schien mit einer wütenden Energie durchsucht worden zu sein. Im speziellen Fall des Opfers Seigaresco sah sich der Täter zudem durch eine Unmenge von Büchern in seiner Erwartung getäuscht, was bei ihm eine zusätzliche Lust auf Revanche ausgelöst haben muss. Über allem, was wie umgepflügt am Boden lag, standen aufgeschlitzt und ausgeweidet das Sofa und die Sessel.

Der Täter muss mit großer Selbstsicherheit aufgetreten sein, um in dem Haus, das auf seine Nachbarschaften von Place Pigalle und Place Blanche mit besonders abweisender Vornehmheit reagiert, nicht aufzufallen. Denn in einer Gegend wie dieser ist es eher möglich, dass jemand, der einen Philatelisten sucht, dabei in die Etage eines Stundenhotels gerät, wo er unbehelligt zwischen den Haufen gebrauchter Laken herumirren kann. Da er, obwohl er fremd war, tief in das Anwesen eindringen konnte, muss der Täter gut gekleidet gewesen sein. Seine Erscheinung muss jeden, der ihm begegnet sein könnte, im Misstrauen beschwichtigt haben.

Für das Ehepaar Nicot war Germaine Cohen-Tanouji keine alte Dame der besseren Pariser Prägung. Ein fast ungeziemendes Entgegenkommen habe sie gezeigt, zutraulich wie ein Kind und leicht mit aller Welt am Lachen. Madame und Monsieur Nicot treten in gehobener Stimmung aus dem Neubau in der Rue Montera Nr. 17 im zwölften Arrondissement. Sie sind zum Tee eingeladen und verbreiten das Behagen einer nie erschütterten Zweisamkeit. Den rechten Mittelfinger in der Schlaufe eines Kuchenkartons, auf dem Kopf einen Pepitahut mit seitlich eingestanzten Ösen, stellt Monsieur Nicot den Eroberer eines Sonntagnachmittages dar. An Madame Nicots Handtasche hängt ein Seidentuch an einem Kettchen. Beide tragen Kamelhaarmäntel.

Germaine Cohen-Tanouji sei eine kleine Person gewesen, rund wie eine Kugel und gegen Abend häufig noch im Morgenrock. Das Frühstück habe sie am Tresen im Café genommen. »Und fast jeden im Haus«, sagt Madame Nicot, »hat sie auf ein Glas zu sich gebeten.« Auch die Nicots habe sie versucht zu gewinnen, die dieses Kontaktieren aber nur befremdend fanden. »Sie lebte in den Tag hinein«, sagt Monsieur Nicot, als liege darin die Voraussetzung für eine Ermordung.

Als die zweiundsiebzig Jahre alte Germaine Cohen-Tanouji am 4. Oktober 1984 mit einem Lederriemen erwürgt auf ihrem Bett gefunden wurde, den Kopf mit Kissen zugedeckt, war der Tod dieser Frau für die Nicots fast eine logische Folge für deren Menschensucht. Und beider Entsetzen galt weniger diesem Schicksal als dem Umstand, dass dieses Schicksal sich in ihrem Haus vollendete.

Ecke Avenue de Saint-Mandé und Rue de la Voûte liegt das Café *Bel Air*. Hier kehrte Germaine Cohen-Tanouji ein, wenn sie aus der Rue du Rendez-Vous von ihren Einkäufen kam. Oft hatte sich die Tür hinter ihr noch nicht geschlossen, und der Wirt drückte schon den Hebel der Kaffeemaschine über ihrer Tasse herunter. Sie stellte sich an ihren angestammten Platz neben der Etagere mit den hartgekochten Eiern, wo auch die schwere Schäferhündin Editha immer saß und sie mit fegendem Schwanz zu erwarten schien. Meistens hatte sich auch Monsieur Benaïs eingefunden, wie Madame Cohen-Tanouji tunesisch-jüdischer Abstammung.

Monsieur Benaïs besitzt ein Textilgeschäft in der Rue de la Voûte, was er als eher traurige Existenz empfindet, da er gern Sänger geworden wäre. Diesen Lebenskompromiss lindert er sich hin und wieder als musikalischer Animateur bei jüdischen Hochzeiten in Hotels. So hat die Innigkeit, mit der er über Germaine Cohen-Tanouji spricht, auch künstlerische Gründe. Denn sie malte tunesische Landschaften aus dem Gedächtnis. Ihn freuten diese Bilder. Und sie freute es, wenn er bei schlechtem Wetter sagte, jetzt müsse er dringend die Sonne sehen, und sie dazu brachte, die Schleifen ihrer Mappe zu lösen.

Sie habe der Résistance angehört und ein wunderbares Französisch gesprochen. Als ehemalige Lehrerin an einer höheren tunesischen Mädchenschule bezog Germaine Cohen-Tanouji eine Pension. Obwohl sie Paris sehr zugetan war, verkörperte sie für Monsieur Benaïs das krasse Gegenteil einer Pariserin. Sie sei generöser und besser gelaunt gewesen. Auch das Misstrauen, das allen hauptstädtischen Menschen eigen sei, habe ihr gefehlt. Sie müsse sich für Misstrauen zu schade gewesen sein, es als unwürdige Eigenschaft einfach nicht angenommen haben. Sie sprach Einladungen zu sich nach Hause aus, um ihre Bilder zu zeigen, und servierte Wein und Nüsse. Germaine Cohen-Tanouji im Café zu wissen, morgens gegen zehn und dann noch einmal gegen vier am Nachmittag, ließ Monsieur Benaïs zu den gleichen Stunden seinen Ladentisch verlassen. Und schon nach ein paar Schritten sah er hinter der Scheibe, was er zu sehen hoffte: die wohltuende Frau aus Tunis mit ihrer dicken Brille, in ihrem untaillierten, arabisch wirkenden grauen Kleid.

Bei den ersten neun seiner einundzwanzig gestandenen Morde hatte der Täter einen Komplizen. Beide hielten in Einkaufsstraßen und auf Wochenmärkten nach alten Frauen Ausschau, die hinfällig zu sein schienen und nur mühsam, oder auf einen Stock gestützt, gehen konnten.

Germaine Cohen-Tanouji gilt nach den Ermittlungen der Polizei als ihr erstes Opfer. Da sie einen behänden Gang hatte und auch sonst nicht geschwächt wirkte, müssen Täter und Komplize in ihrem Fall eine andere Anregung gehabt haben, um sie heimzusuchen. Sie könnte für sie eine schwierige Einübung in ihre weiteren Morde gewesen sein. Denn schon am folgenden Tag, dem 5. Oktober 1984, suchen sie sich zwei Frauen aus, deren körperliche Schwäche augenfällig ist.

Thierry Paulin und Jean-Thierry Mathurin wohnen das Jahr 1984 über im Hotel Laval in der Rue Victor-Massé Nr. 11 im neunten Arrondissement. Mit einem Stern ein Hotel der untersten Kategorie; Bett, Tisch und Stuhl bilden die rohe Möblierung. Die Zimmer sind nicht schmutzig, aber miserabel;

die Bewohner meistens Dauergäste in Nachtberufen mit unberechenbaren Einkünften. Einziger Wertgegenstand in ihrem wenigen Gepäck ist das aktuelle Modell einer Lederjacke. Ihr Geld versickert in der Tagesmiete von 85 Franc, in Schnellreinigungen, Marlboros und in den tragbaren Mahlzeiten amerikanischer Imbissketten. Bleiben ein paar Taxifahrten übrig und das Dosenbier vom Automaten, das gegen Morgen, bei der Rückkehr ins Hotel, die Nacht besiegelt. Kein nobles, aber auch kein schlimmes Leben für Paris, wo ein Hotel wie dieses mehr ist als ein minimales Obdach.

Der einundzwanzig Jahre alte Paulin und der neunzehn Jahre alte Mathurin bewohnen das für 185 Franc teuerste Zimmer. Sie verfügen über einen Kleiderschrank und eine Dusche, fahren regelmäßig im Taxi vor und werden auf der Hoteltreppe nie mit einem Sandwich gesehen. Es sind liquide Leute, und besonders Paulin hat eine geläufige Art, Trinkgelder zuzustecken. Im Aufenthaltsraum, der außer einem unbeleuchteten Aquarium und einem Fernsehapparat keine weiteren, die Wohnlichkeit hebenden Zutaten aufweist, sorgt Paulin für Stimmung, indem er aus dem Getränkeautomaten alle freihält.

Für den Pächter des Hotels und seine alte Mutter, für die Tag- und Nachtportiers und das übrige Personal gehören Paulin und Mathurin der Tanztruppe des *Paradis Latin* an. Das erklärt ihnen deren abstechendes, auftrumpfendes Verhalten in ihrem unscheinbaren Haus mit seinen knapp kalkulierenden Gästen. Denn im Applaus des *Paradis Latin* zu stehen, nach den besten Choreografien gewagte Nummern vorzuführen, ein Publikum, das tausendköpfig rast, Abend für Abend zu beglücken, ist ein exklusiver Arbeitsplatz, reine Sonnenseite für die übrigen Nachtknechte des Hotels.

Paulin und Mathurin sind ein wohlgelittenes, gut anzusehendes, immer geduschtes und gecremtes schwules Paar. Beide sind farbig; Paulin ein eher hellhäutiger Mulatte mit einer wie zertrümmert breiten Nase, Mathurin ein eher dunkelhäutiger Mestize mit versammelten Gesichtszügen. Paulin stammt aus Fort-de-France auf Martinique, Mathurin aus Saint-Laurentdu-Maroni in Französisch-Guayana.

Paulins Mutter ist sechzehn, als er unehelich geboren wird. Er wächst in der Obhut seiner Großmutter auf, der Mutter seines Vaters, der Martinique verlassen hat und in Toulouse lebt. Als seine Mutter ihn mit sechs Jahren zu sich nimmt, erwartet sie wieder ein Kind. Nach einem weiteren Kind heiratet sie, und es kommt noch ein Kind. Drei kleine Halbgeschwister und eine strapazierte Mutter mit einem Mann, der nur schwer zur Ehe zu bewegen war; Paulin ist zu viel am Tisch. Er wird später in Paris erzählen, seine Mutter habe ihn als Besorger und Hausgehilfe an andere Leute vermietet.

Um der Familie ihren knappen Frieden zu erhalten, bietet sich sein Verschwinden an. Als er zwölf ist, verabschiedet ihn die Mutter auf dem Flughafen von Fort-de-France, und Paulin fliegt zu seinem Vater nach Toulouse. Der Vater hat es dort zu einer Klempnerei gebracht, hat Frau und zwei Kinder. Paulins Ankunft in Toulouse ist vom Vater nicht erbeten worden. Nur eine nachzuholende Fürsorgepflicht stimmt ihn nachgiebig für das Auftauchen des Sohnes. Und Paulin ist wieder der hinzugekommene Älteste für zwei Halbgeschwister. Und wieder gefährdet er einen Familienfrieden.

Er bricht eine Friseurlehre ab und gesellt sich den Mopedhorden der Slums zu. Sie jagen durch Toulouse und freuen sich am Schrecken, den sie verbreiten. Sie machen Mundraub in Crêperien, brechen in Kinos und Diskotheken ein. In einem Brief beschreibt Paulin später diese Jahre als eine Epoche seiner Dummheiten. 1984 beendet er seinen Militärdienst und kommt mit einem Gesellenbrief als Friseur nach Paris. Er ist einundzwanzig. In der Rue Béranger hinter der Place de la République übernimmt er, ohne dass die Vermieter davon wissen, die Dienstbotenkammer einer jungen Frau, die ihm in der Armee vorgesetzt war.

Er macht seine Mutter ausfindig, die, inzwischen geschieden, 1980 mit vier Kindern von Martinique nach Frankreich übergesiedelt ist und in Nanterre wohnt. Sie ist Hauswartin in einer Schule. Paulin zieht zu ihr und hat das Erlebnis, als Sohn und Bruder willkommen zu sein. Bis auf den Zwischenfall, bei dem die Mutter ihn in Frauenkleidern vor dem Spiegel agieren sieht, leben sie gut miteinander.

Abends nimmt Paulin den Zug nach Paris. Er hat eine Stelle als Hilfskellner. Auf dieser Arbeitsstelle begegnet er Mathurin. Mathurin ist schon seit zehn Jahren in Paris. Er ist ein schöner, hauptstädtisch versierter Strichjunge, der die leichten Gelegenheiten in der Rue Sainte-Anne, im Bois de Boulogne und an der Porte Dauphine auslebt. Er möchte als Tänzer berühmt werden. Schon als Schüler war er geschminkt erschienen wie für einen Auftritt.

Mathurin hat mehr Raffinement als Paulin, ist unverhohlener schwul; vor allem fehlt ihm dessen Gefühl der Minderwertigkeit, dessen nie ruhende Wut auf die Herkunft. Mathurin ist mit Leichtigkeit begabt. Er schläft in den Betten seiner Liebhaber aus und bindet sich abends die Kellnerfliege um. Als er Paulin kennenlernt, ist er Garçon de salle im *Paradis Latin*, ein behänder Gehilfe beim Diner Spectacle. Paulin gehört ebenfalls der Gehilfenriege an.

Sie verlieben und liieren sich. Anführer ihrer Zweisamkeit ist Paulin, der diesem Glück eine Kontur geben will. Dazu muss er den wetterhaften Mathurin erst beständig machen. Denn bei aller Liebe bleibt Mathurin nach schönen Zufällen süchtig.

Was macht Mathurin, wenn Paulin bei der Mutter in Nanterre ist? Paulin schafft seine üblen Vorstellungen aus der Welt und nimmt Mathurin mit nach Nanterre. Seine Tugenden als Sohn und Bruder, der in der Küche hilft und für die Geschwister kocht, verflüchtigen sich im Beisein Mathurins. Die beiden lungern vor dem Fernseher, bis es Zeit wird, den Zug nach Paris zu nehmen. Der ständige Gast macht die Mutter unduldsam. Mathurin, das eingeschleuste Luder, soll aus dem Haus. Nach drei Wochen Nanterre bezieht Paulin mit Mathurin das beste Zimmer in dem ärmlichen Hotel *Laval*, Rue Victor-Massé, fünf Minuten südlich von Pigalle.

Die Besonderheit der Rue Victor-Massé liegt im Musikalienhandel. Aus jedem Parterre, die Bäckereien ausgenommen, dröhnen die Verstärker. Die Häuserfronten verdoppeln den Hall der Elektrogitarren und Trommelbatterien, der in Vorführung geblasenen Trompeten und geschüttelten Rasseln. Durch diese Straße voller Rhythmen gehen, immerzu wippend und in Andeutung tanzend, Paulin und Mathurin. Vor dem hohen Gittertor der Avenue Frochot, deren elf Häuser eine Privatstraße bilden, kündigt sich das Brausen von Pigalle schon an und schluckt die Töne der Rue Victor-Massé.

Hier versieht Monsieur Feuillet seinen Dienst als Pförtner und Bewacher. Er hat die Abgeschirmtheit der Avenue zu hüten, die ihrer Schönheit wegen auch Besucher anzieht. Von morgens bis abends muss Feuillet Leuten den Einlass verwehren, ihnen sagen, dass Besitzer und Mieter nicht gestört zu werden wünschen. Dabei reichert er sein Bedauern mit aufreizenden Informationen an, als wolle er den Abgewiesenen das Versäumte noch begehrenswerter machen: Victor Hugo habe in der Nummer 5, Auguste Renoir in der Nummer 7 gelebt, Lautrec sein letztes Atelier in der Nummer 15 gehabt.

In Feuillets Pförtnerhaus, das von den Unbefugten einzusehen ist, nimmt eine gefleckte Dogge das Sofa ein. Und über dem Lob für die Schönheit seines Hundes lässt Feuillet sich zu Auskünften herbei, die seiner Pförtnerpflicht zu Diskretion zuwiderlaufen. So sagt er, die Nummer 1 stehe zum Verkauf. Doch nicht, weil sie so schattig liege, als vielmehr, weil dort vor Jahren zwei alte Damen ermordet worden seien. Seitdem sei ihm jeder Tote recht, wenn das Schicksal ihn nur außerhalb des Gittertores treffe. Mit dieser Mitteilung vergütet Feuillet das vergebliche Bitten um Besichtigung der Avenue.

Feuillet kann die Morde am unteren Pigalle nicht mehr auseinanderhalten. Denn seiner Wachsamkeit setzen auch noch die karibischen Hausmädchen zu, diese sich ständig abwechselnden, von ihm nur schwer zu unterscheidenden Töchter und Mütter, denen er die Schlüssel der diffizilen Herrschaften auszuhändigen hat. Bis eines Tages geschossen wurde und jemand sterbend draußen an den Stäben lehnte. Ein schwarzer Wollkopf sank zur Seite, sagt Feuillet. Den habe er vom Sehen her gekannt. In Gesellschaft eines zweiten sei er oft am Gittertor vorbeigekommen.

Übermütig ihrem Ziel zustrebend, verlassen Paulin und Mathurin den Gehsteig vor dem Tor der Avenue Frochot, um rechts in die Rue Frochot einzubiegen. Ohne weitere Eigenschaften ist diese Straße nur ein Korridor zu den Lichtern von Pigalle. In gestriger Verruchtheit trägt ein Etablissement den deutschen Namen *Schatzie*. Die offene Tür bietet den Anblick schmutziger kleiner Sessel um niedrige, von Brandlöchern gefleckte Tische. Über den ersten Barhocker ragt, in phosphorgrünem Futteral, die Gesäßkugel einer Negerin. Die Beine sind übereinandergeschlagen. Die freischwebenden Fußspitzen halten die von den Fersen geglittenen Stöckelschuhe. Da das Animieren über Mittag kaum die Mühe lohnt, stützt sich die Negerin mit beiden Armen auf die Theke und trinkt aus dem geknickten Halm eines Deckelbechers Coca-Cola.

Paulin und Mathurin gehen links von Pigalle den Boulevard de Clichy entlang bis zur Place Blanche. Von dort führt die Rue Lepic zum Montmartre hoch. In Überfluss und äußerster Vielfalt werden hier Nahrungsmittel ausgestellt; getürmt und gebündelt, aufgereiht oder wie auf Samt offerierte Preziosen einzeln gebettet. In dieser Straße ist jede Begierde auf die Schönheit des Essbaren gerichtet. Paulin und Mathurin überspringen die Rinnsale, die von den tropfenden Fischkisten zur Bordsteinkante fließen. Sie trennen sich für Augenblicke; jeder reiht sich in eine andere Warteschlange ein; sie mischen sich unter die Zahlenden im Kassenareal oder suchen die Nähe unschlüssiger alter Frauen, um neben ihnen ebenfalls in Unschlüssigkeit zu versinken. Dann bilden sie wieder ein Gespann, das über dem braunvioletten, noppigen Fleisch eines Vogels in Streit gerät.

Während Täter und Komplize die zerstrittenen Köche spielen, einigen sie sich auf Gervaise Petitot. Sie ist Ohrenzeugin des Disputs, den sie gerade zu beschwichtigen im Begriff ist, als die Reihe an sie kommt, bedient zu werden. Sie möchte eine Handvoll Hühnerherzen, und ihre Aufmerksamkeit gilt jetzt nur noch der Pranke des Geflügelhändlers. Für die kleine Summe von vier Franc siebzig muss sie ein Billet von 200 Franc anbrechen, das sie aus einem Kuvert zieht, in dem noch andere Scheine stecken. Diesem ihr unbehaglichen Vorgang gibt sie eine gewisse Auffälligkeit, wobei sie wiederholt nach rechts und links sieht. Die beiden noch immer zankenden Männer vergrößern ihre Unruhe nicht.

Madame Petitots kranke, blaue Füße stecken in offenen Pantoffeln. Sie macht maschinenhafte, kurze Schritte, als müsse sie einen Pfad zwischen zwei

Gartenbeeten treten. Ihr mühsames Vorankommen zwingt die Verfolger zu immer neuen Manövern, eine unverdächtige Langsamkeit einzuhalten. Nach etwa zehn Metern sehen sie Madame Petitot ein halbes Brot kaufen, was ihrem Gespür, in Madame Petitot eine alleinlebende Alte erkannt zu haben, recht gibt. Schließlich gerät die zum Greifen nahe, tappende Beute ihren Jägern aus dem Visier. Madame Petitot ist zwischen den Straßentheken eines Gemüse- und eines Fischhändlers verschwunden. Als der Täter das dahinterliegende Haus betritt, bleibt der Komplize als Betrachter der Fische und aufgeklappten Schalentiere zurück.

Nach hin- und herwischenden, das Schloss mehrmals verpassenden Anläufen steckt Madame Petitot ihren Schlüssel in die Wohnungstür. Während sie öffnet, stößt sie der Täter nach innen und schließt hinter sich die Tür. Er würgt sie und nimmt das Geldkuvert aus ihrer Einkaufstasche. Um sie nicht schreiend zurückzulassen, sticht er ihr eine Schere in den Rücken.

Im Glauben, Gervaise Petitot getötet zu haben, und beflügelt durch die störungsfreie Prozedur, treibt es den Täter mit seinem Komplizen noch am selben Nachmittag zur Wiederholung. Es ist der 5. Oktober 1984, ein Freitag. Nach einem Fußweg von zwanzig Minuten befinden sie sich in dem vorwiegend jüdischen Viertel südlich der Rue La Fayette.

Ohne Vorplätze und ausholende Treppenaufgänge liegen die Synagogen der Rue Saulnier in strikter Reihe mit den übrigen Häusern. Eine abgekehrte Stille macht jeden, der hier nicht wohnt oder keinem religiösen Ziel nachgeht, zu einem ungebetenen Passanten. Nur bei der Nummer 8, dem Bühneneingang der *Folies-Bergère*, ist die Straße etwas aufgestöbert. Männer in Arbeitskleidung und Frauen, von denen anzunehmen ist, dass sie schön und jung sind, halten die Schwingtür in Bewegung.

Das ständige Ein- und Ausgehen, das den Bürgersteig belebt, gibt dem Täter und seinem Komplizen einen Halt in der sonst menschenleeren Rue Saulnier. Die beiden überlassen sich dem Anblick der in Lebensgröße aufgebäumten, goldenen Revuepferde hinter der Glastür. Und als sei ihnen noch ein seitliches Auge gewachsen, nehmen sie die dreiundachtzig Jahre alte Anna Barbier-Ponthus wahr, die aus dem Torbogen des Hauses Nummer 10 tritt.

Trotz des milden Oktoberwetters trägt Madame Barbier-Ponthus einen Nutriamantel und wie immer einen ihrer Turbanhüte. Das mit den Jahren kleiner gewordene Gesicht scheint sich unter den eingeübten Handgriffen ihres Schminkens weiter zurückzuziehen. Während ihrer kurzen Anflüge von Verworrenheit rettet sie sich in ein jedem geltendes, grüßendes Lächeln. So kommt sie, allen Menschen zugetan, am Bühneneingang vorbei und geht die wenigen Schritte bis zur Rue Richer. Ihre wohlhabende Erscheinung und die am Arm hängende leere Einkaufstasche sind erregende Vorzeichen für den Täter und seinen Komplizen.

Anna Barbier-Ponthus war zu hochgestimmt, um sich mit der in ihrem Hause üblichen Zurückhaltung abzufinden. Als Frau eines Offiziers hatte sie viele Jahre in Nordafrika verbracht. Und es schien, als habe sie in dieser auch menschlich wärmeren Sphäre Vorräte für Paris gespeichert. Jedem gab sie die Ehre, ihn beim Namen zu kennen. Wobei sie das namentliche Grüßen der Akajians, Kalaijians, Chapurians, Akolians und Panpartelians, der in fünf Parteien hier wohnenden Armenier, zusätzlich zu einer Übung gegen ihre Vergesslichkeit machte. Zu ihren täglichen Gewohnheiten zählte, vom Hof aus in das Küchenfenster des jüdischen Restaurants hineinzusehen. Obwohl sich die Köchin, in Erwartung dieses Zwischenspiels, immer beschäftigt gab, hoffte Anna Barbier-Ponthus unbeirrt auf einen kurzen Kontakt. An jenem Freitag, dem 5. Oktober 1984, muss ihr Blick jedoch wie ein Brennglas insistiert haben. Denn trotz des bevorstehenden Sabbats sah die gehetzte Köchin von ihrem Nudelteig auf und nickte ihr zu.

Am späten Nachmittag fegte die Hauswartin, Madame Lourence, die Treppen der vier Hausaufgänge. Dabei entdeckte sie unter der Fußmatte von Anna

Barbier-Ponthus deren Schlüsselbund, was sie glauben machte, Letztere erwarte ihren Arzt. Sie beließ es bei dieser Annahme, bis ihr gegen 20 Uhr auffiel, dass alle Fenster von Madame Barbier-Ponthus, auch das des Badezimmers, erleuchtet waren. Das viele Licht widersprach den stillen Privatleben hier und kam ihr wie Aufruhr vor. In ihrem unguten Gefühl wandte sich Madame Lourence an Madame Preux, die Hausverwalterin, in deren Beisein sie dann die Wohnung betrat.

Anna Barbier-Ponthus wirkte nicht gequält, wie sie dalag in der Tür zu ihrem Salon. Offenbar war sie schnell auf das Anliegen des Täters und seines Komplizen eingegangen. Schon bei der ersten Nötigung muss sie ihnen das Portemonnaie gegeben haben. Und durch die Leichtigkeit, mit der sie nachgab, könnte Täter und Komplize die Idee gekommen sein, an geheimeren Verstecken nach weiterem Geld zu suchen.

Sogar die Blumentöpfe waren ausgekippt. Über dem Chaos, das sich ihnen bot, sahen weder Madame Lourence noch Madame Preux, dass Anna Barbier-Ponthus auf dem Rücken gefesselt war. Da das Gesicht keine Torturen verriet, deuteten sie auch das Handtuch nicht, das, zu einem Knebel gedreht, neben dem Turbanhut lag. Durch beider Aufschrei angelockt, hatte sich schließlich Monsieur Larue, ein Nachbar, eingefunden, den das unheilvolle Bild nicht zu sagen abhielt: »Vielleicht ist sie gar nicht tot.«

Die Ausschließlichkeit in der Liebe, die Paulin von Mathurin erwartet, will sich nicht einstellen. Mathurin fällt die Treue schwer. Er hält sich gern verfügbar. Immer wieder entkommt er dem hochbewachten Zusammensein mit Paulin, um Stunden später, in seiner lockeren Beständigkeit, in das gemeinsame Hotelzimmer zurückzukehren. Und Paulin, der über diesen Stunden seiner Fantasie keine Ruhe gönnen kann, befindet sich in einem Zustand weißglühender Wut. Er vermag jetzt nur noch zuzuschlagen, bei jedem Hieb auf eine Liebesbeteuerung seines Freundes hoffend. Es ist eine vertraute Ruhestörung im Hotel *Laval*. Jeder weiß um die Zusammenhänge, vor allem der Nachtportier, vor dessen Schlüsselbrett sich der wimmernde Mathurin jedes Mal rettet. Kaum, dass er ihn die Treppe herabstürzen hört, klappt der Portier den Tresen hoch, damit dieser schnell in seinem Hoheitsgebiet verschwinden kann.

Im September 1984 gelingt es dem Hilfskellner Mathurin, den schwarzen Transvestiten Joséphine für sich zu interessieren. Joséphine ist Solotänzer im *Paradis Latin*, ein Star der Groteske mit einem wie ein Rennradsattel schmal geformten Kopf. Bei der absoluten Schönheit seines Körpers braucht er nur dazustehen, und die Leute wollen Zugaben haben. Sogar seine Finger, die er in langen Wellen bewegen kann, als ob sie mehr als drei Gelenke hätten, sind allen ein Ereignis.

In den Armen dieses Mannes findet Paulin eines Nachts seinen Geliebten. Die letzten Zuschauer hatten den Saal noch nicht verlassen, als er ihn zwischen den Kulissen des Kabaretts verzehrende und aggressive Küsse tauschen sieht. Paulin schreit und wirft mit den abzuräumenden Gläsern um sich. Er reißt, wie einen Hilferuf den Namen seines Freundes wiederholend, die roten Decken samt der Flaschen und gefüllten Aschenbecher von den Tischen. Doch ehe Mathurin gelaufen kommt, ist der Ausbruch schon vorüber, und den beiden skandalösen Saalgehilfen ist längst gekündigt worden. Paulin hat seine grüne Kellnerjacke abgelegt und steht, den Kopf gesenkt und nickend, im Wortschwall seiner Vorgesetzten.

Der Nachtportier, ein Student mit Namen Michel Lhomme, erinnerte sich eines innigen Paares, das damals aus dem Taxi stieg und ihm von seinem Missgeschick erzählte. In den Schlägereien, dem Weinen und Versöhnen hatte der Portier schon lange kein Drama mehr erkennen können. Für ihn waren es schindende Liebesspiele zweier exaltierter Typen, die einander nicht ermüden wollten. Dabei sei Mathurin der abgefeimtere gewesen.

Arbeitslos sind Paulin und Mathurin keine auftrumpfenden Gäste mehr. Sie kommen jetzt zu Fuß. Und wie die anderen verzehren sie ihr halbes Hähnchen vorm Hotelfernseher und langen, ohne hinzusehen, in eine Thermotüte mit Pommes frites. Da sie die Miete schuldig bleiben, wechseln sie aus ihrem angestammten, guten Zimmer in ein ganz bescheidenes. Dem Pächter erzählen sie von einer eigenen Revue, die sie seit Wochen einstudierten und deren Kostüme schon in Auftrag gegeben seien. Der Pächter lässt sich vertrösten; er will nicht hart mit ihnen sein. Und seine alte Mutter steckt den Schuldnern Butterbrote zu. Bis Anfang Oktober 1984 sich der Pächter ungeduldig zeigt; da versprechen Paulin und Mathurin ihm eine Anzahlung für den kommenden Tag.

In seiner Eigenschaft als Nachtportier hatte der Student Michel Lhomme einen geschärften Sinn für die Gemütslage sich spät einfindender Hotelgäste entwickelt. So konnte er pure körperliche Müdigkeit von Verdruss unterscheiden, den Hungerzustand des Einsamen von der Erschöpftheit des Geselligen. Als in einer jener ersten Oktobernächte Paulin und Mathurin vor seinem Tresen aufkreuzten, mit Geldscheinen wedelten und ein Bier nach dem anderen aus dem Schubfach des Automaten zogen, war ihm deren neu erwachter Übermut nicht ganz geheuer. Schließlich kam ihm der Verdacht, die beiden könnten ihre alte Existenzform wieder aufgenommen haben und kehrten soeben vom Männerstrich zurück. Paulin schwenkte in großmännischer Nervosität die Holzbirne am Zimmerschlüssel, dass sie auf ihrem schwarzen Gummiwulst über die Theke hüpfte, und bat den Nachtportier, dem Pächter gleich in der Frühe auszurichten, er bekomme einen Teil seines Geldes.

Trotz seiner bescheidenen Mittel versteht sich Lucien Edward Prieur als Bonvivant. Da er kein ausholendes Leben führen kann, gestattet er sich, bis in den späten Nachmittag hinein zu schlafen. Nach ausgiebiger Toilette steigt Prieur dann duftend in einem grauseidenen Hausmantel die Treppe zum Briefkasten hinunter, wo er auf eine kleine Öffentlichkeit für sein Erscheinen hofft. Den verblassten Schnurrbart hat er mit rotbraunen Strichen nachgezogen. Zwischen den klaffenden Revers seines Hausmantels hängt ihm auf nackter Brust ein Bündel Amulette.

Für Prieur gilt ein Tag schon als geglückt, wenn er ihm die Begegnung mit zwei Hausbewohnern bringt, die ihn in freundlicher Anzüglichkeit auf seinen Wohlgeruch ansprechen und sehen, dass er Empfänger eines Briefes wurde. Wobei in diesem Brief meistens nur die Mitteilungen eines Magierzirkels stecken. Auf die andere Regelmäßigkeit in seinem Leben, die auf der Heimorgel gespielten Kinderstücke »La Tartine« und »La Marjolaine«, reagiert seit Jahren keiner mehr.

Am 9. Oktober 1984 lässt eine Feuerwehrsirene vormittags gegen elf Uhr Lucien Edward Prieur in seinem Bett hochfahren. Da er müde ist, obwohl das Leben, das er führt, diese Müdigkeit kaum zu rechtfertigen vermag, bemüht er sich erst aus den Kissen, als er das schleifende Geräusch einer ausfahrenden Leiter hört. Im ersten Stock des Hauses gegenüber sieht er aus einem Fenster Flammen schlagen. Es ist das Fenster der kleinen Alten, die zu Prieur hinüberlächelte, wenn sie ihr Staubtuch ausschlug und er im Dauerhalbschlaf seinen schweren Sängerkopf zwischen den Gardinen zeigte.

Selbst die Nähe zu Sacré Cœur hat der Rue Nicolet nie Unruhe gebracht. So reicht schon das kleine Feuer in der Nummer 10, um der abgeschiedenen Straße ein Schauspiel zu bieten. Auf beiden Bürgersteigen gibt es Menschenauftrieb; sogar in Prieurs Hausflur stauen sich die Leute. Lucien Edward Prieur hätte sich gern am Briefkasten blicken lassen, denn wie keinmal zuvor wäre er an diesem Tag auf Publikum getroffen. Doch seine Gewohnheiten achtend, als seien sie ihm auferlegt, gelingt es ihm nicht, das Ritual seiner Schönheitspflege abzukürzen.

Als er sich den Dampf seiner heißen Kompressen vom Gesicht klopft, fahren die Feuerwehrmänner die Leiter wieder ein. Und während er mit exakt konturiertem Schnurrbart den Handspiegel gegen sein Fenster hält, sieht er die Männer eine Leichenwanne tragen.

Prieur ahnt, dass er sein Publikum verlieren wird. Er ist noch nicht gekämmt. Über den Haaren liegt noch das strammgezogene Netz, das auf der

Stirn eine Kerbe hinterlässt, die er mit kreisendem Mittelfinger zum Verschwinden bringen muss. Erst nach diesem Hantieren, durch das er seine endgültige Ansehnlichkeit erreicht zu haben glaubt, findet sich Prieur, wie ein Lavendelsäckchen aus allen Poren Frische verströmend, vor seinem Briefkasten ein.

Die neunundachtzig Jahre alte Suzanne Foucault ist ermordet worden, erstickt unter einer Plastiktüte, an Händen und Füßen gefesselt, der Körper angesengt. Über Nacht müsse ein Schwelbrand sich vorangefressen und bei den Gardinen sich zu einem Feuer ausgewachsen haben. Die Einzelheiten der Untat nehmen Prieurs Ankunft jede Bedeutung. Um sein Echo betrogen, verlässt Lucien Edward Prieur die schwelgende Hausgemeinschaft.

Die ansteigenden und steilen Straßen von Montmartre, die häufig noch in Treppen übergehen, zwingen die alten Frauen, immer wieder stehenzubleiben. Während dieser Etappen suchen sie einen um Nachsicht bittenden Blickkontakt.

Die zweiundachtzig Jahre alte Jeanne Laurent könnte schon von der Steigung der Rue Eugène-Carrière erschöpft gewesen sein, als ihr noch die Treppe der Rue Armand-Gauthier bevorstand, an deren Ende, im Haus Nummer 7, sie wohnte. So könnten sie, als sie kurzatmig am Geländer lehnte, Täter und Komplize angetroffen haben. Und ihrem schlechten

Zustand ausgeliefert, wird Jeanne Laurent ihre Sinne kaum in Misstrauen verschwendet haben. Vielmehr wird sie den Zuspruch der beiden Männer als Linderung empfunden und ihnen anvertraut haben, dass sie zum Glück gleich zu Hause sei.

Am 12. November 1984 findet ein Handwerker die tote Jeanne Laurent in ihrer Dachwohnung. Über dem Gesicht liegt ihr Kopfkissen; sie ist an Händen und Füßen gefesselt und mit Messerstichen zugerichtet. Einen Fußweg von 15 Minuten entfernt, in der Rue Jacques-Kellner Nr. 8, veranlasst am selben Tag Madame Goudron, die Tür ihrer als kopflos geltenden, siebenundsiebzig Jahre alten Nachbarin Paule Victor aufzubrechen. Obwohl das Haus zum Abriss steht, in einigen Etagen sogar die Tauben nisten und eine stinkende Wildnis schaffen, will Madame Goudron einen Leichengeruch wahrgenommen haben. Auch Paule Victor ist an den Gliedern gefesselt; ihr Kopf steckt in einem Plastikbeutel.

Die Ermordung beider Frauen muss eine Woche zurückliegen. Noch am Vormittag ihrer Entdeckung begibt sich Innenminister Pierre Joxe in Begleitung des Polizeipräfekten Guy Fougier in das Mordhaus in der Rue Armand-Gauthier, eines jener auf Distinguiertheit bedachten Pariser Häuser, auf deren knappen Balkons Kübelzypressen jeweils eine Hecke bilden. Es ist das ratlose Beehren eines Tatortes, eine allen heimgesuchten Häusern geltende Höflichkeit, die dem Innenminister und seinem Polizeipräfekten weiter nichts zu tun erlaubt, als mimisch zu kondolieren. Sogar den Staatspräsidenten hat das ansteckende Entsetzen erreicht, auch wenn jeder Tag Paris einen Mord beschert, der wie ein Naturvorgang hingenommen wird. François Mitterrand findet sich am Nachmittag im gerichtsmedizinischen Institut am Quai de la Rapée ein, um den Leichnam eines der beiden Opfer in Augenschein zu nehmen.

Von den neun vergleichbaren Morden zwischen dem 4. Oktober und dem 12. November 1984 sind sieben im achtzehnten Arrondissement verübt worden, davon vier unmittelbar in Montmartre, einer im Quartier Clignancourt und zwei in La Chapelle. Allein am 7. November werden drei Morde entdeckt. Eine der Tatkulissen ist die Rue des Trois-Frères, wieder eine steile Straße. Die fünfundsiebzig Jahre alte Maria Mico-Diaz war Besitzerin der kleinsten Wohneinheit in der Nummer 27; Toilette auf der Zwischentreppe.

An diesem 7. November ist Madame Bailiche gegen zehn Uhr mit Maria Mico-Diaz verabredet, der sie für die Dauer eines Ferienaufenthaltes in Österreich ihre Schlüssel geben will. Da auf ihr Klopfen keine Antwort kommt, obwohl die Tür nicht im Schloss liegt, außerdem Licht brennt und das Radio läuft, glaubt sie, die Nachbarin befinde sich auf der Toilette. Das alles wirkt zwar ungewöhnlich sorglos auf Madame Bailiche, die Maria Mico-Diaz nur als überkorrekt und sparsam kennt. Doch noch tausend zu erledigende Dinge im Kopf, verlässt Madame Bailiche das Haus, um Körner für ihre fünf Zwergpapageien zu kaufen.

Die bevorstehende Reise betreffend, sind die Vögel ihr größtes Problem, da sie Ansprache gewohnt sind und Maria Mico-Diaz eine eher nüchterne Einstellung zu Tieren hat. Ihr besonderer Kummer gilt dem alten Amazonenhähnchen Bibi, das Rheuma in den Beinen hat und sich nur noch auf den Schnabel stützt. Und fühlte sie sich durch die Vorfreude ihres Mannes nicht beschämt, würde Madame Bailiche schon dieses kranken Vogels wegen am liebsten gar nicht fahren.

Vom Einkauf zurückkehrend, ärgert sich Madame Bailiche wie jedes Mal über das unverglaste Haustürgitter, durch das es wie in einer Mühle zieht. Dieser Ärger verlässt sie erst vor der Wohnung von Maria Mico-Diaz, aus der noch immer das Lampenlicht fällt und unverändert laut das Radio spielt. Von allen bösen Ahnungen, die jetzt auf Madame Bailiche einstürmen, ist ihr diejenige, dass Maria Mico-Diaz gestürzt sein könnte und in einer Ohnmacht liege, die liebste. Der Form halber klopft Madame Bailiche noch einmal an und versucht, ohne auf ein Echo zu rechnen, einzutreten. Die Tür lässt sich jedoch nicht nach innen drücken.

In der Erregung setzt Madame Bailiche die Tüte mit dem Vogelfutter zu hart auf ihrem Wohnzimmertisch auf, sodass die Körner auf den Boden rieseln. Bei diesem Anblick würde sie an normalen Tagen einen kleinen Schrei ausgestoßen haben. Vor allem aber wäre sie nicht grußlos an der Vogelpagode vorbeigegangen. Während Madame Bailiche den Notruf der Polizei wählt, sieht sie in dem Kleinod, zu dem sie ihre Wohnung gemacht hat, jetzt nur noch eine Einladung für Raubmörder. Alles strahlt einen kleinen Wohlstand aus, die satinierten Tapeten, die Seidensträuße, die Porzellangondeln, die Etagere mit den Zierkürbissen, die wie in einer russischen Kapelle dicht hängenden Bilder.

Auch wenn Maria Mico-Diaz keine vergleichbare Pracht entfaltet hatte und die Monatsbroschüre der »Kleinen Brüder der Armen« empfing, wusste doch das ganze Haus von ihrem Sparguthaben über 100 000 Neue Franc. Die alte, im Hofparterre wohnende Huguette Dumesnil soll einen Brief irrtümlich geöffnet und ihn, für alle einsehbar, auf die Ablage der Briefkästen gelegt haben.

In ihrer Erinnerung hat Madame Bailiche den Telefonhörer kaum wieder auf die Gabel gelegt, als schon, mit allen Befugnissen, laut zu sein, Polizisten das Treppenhaus stürmen. Einer von ihnen stemmt sich gegen die Tür von Maria Mico-Diaz. Und wie ein Angler, der sich seines Fisches schon gewiss ist, bevor er ihn sieht, vermag er den Widerstand hinter der Tür als leblosen Körper einzuschätzen. Die tote Maria Mico-Diaz trägt einen Stoffknebel im Mund und ist voller Messerstiche.

Die achtzig Jahre alte Marise Choy und die vierundachtzig Jahre alte Alice Benaïm könnten sich morgens beim Bäcker begegnet sein. Möglicherweise ging die weniger hinfällige Marise Choy danach gleich nach Hause, während die hinfälligere und langsame Alice Benaïm noch mehr einzukaufen hatte und einige Zeit unterwegs war. So könnte es sich ergeben haben, dass Täter und Komplize die beiden Frauen den Bäcker verlassen sahen. Vielleicht wirkte Marise Choy wohlhabender als Alice Benaïm, sodass, vor die Wahl gestellt, Täter und Komplize sich für sie entschieden. Sie befinden sich im Quartier La Chapelle, einer besonders rauen Gegend im achtzehnten Arrondissement, wo die Rue Pajol, in der ihr Opfer wohnt, noch eine Steigerung darstellt in der allgegenwärtigen Trostlosigkeit. Ein matter Überlebenswille prägt die Straße. Aus den Türlöchern zugemauerter Häuserfronten springen bizarr gezöpfte, schwarze Mädchen. Und hinter ihnen, in großgemusterte Stoffe gewickelt, auf dem Kopf ihre steil drapierten Tücher, treten triumphal die Mütter ans Licht.

Außer einer afrikanischen Rotisserie hat die Rue Pajol keine nennenswerten Geschäfte. Doch bei aller

Ödnis ihrer Straße wird Marise Choy den Anblick der schwarz geflämmten Hammelbeine und der auf dem Trottoir rotierenden Hammelköpfe gemieden haben, diese Huf an Huf zu Pyramiden gestapelten Knochen im Fenster, auf deren jeweils oberstem ein gerösteter Kopf sitzt mit zusammengebissenen Zähnen. Wahrscheinlich wechselte sie hinter der Rue de la Guadeloupe den Bürgersteig, um jener Hammelkatakombe aus dem Weg zu gehen. Und als sie auf der Höhe ihres Hauses, der Nummer 77, die Straße wieder überquerte, wird Marise Choy die ausgesuchte Höflichkeit zweier junger Männer empfunden haben, die ihr in der Tür den Vortritt ließen.

Wie in einer Turmetage liegen die Wohnungstüren dicht beieinander. Gegen diese hellhörigen Nachbarschaften, wo schon das Geräusch eines austretenden Flaschenkorkens von nebenan zu hören ist, werden Täter und Komplize das Radio ihres Opfers aufgedreht haben. Sie fesselten die Füße von Marise Choy mit einem Elektrokabel und schlugen ihr den Schädel ein. In dem durchwühlten Appartement fehlen, nach Aussage der Hausbewohnerin Feval, die Silbersachen auf dem Sims der Kaminattrappe, darunter eine aufzuklappende Miniatur der Wallfahrtskirche von Lisieux.

Im Bewusstsein ihrer unauffällig gelungenen Tat, das ihnen jede Eile nimmt, treffen Täter und Komplize vor dem Haus auf Alice Benaïm, die sich inzwischen auf dem Heimweg befindet. Der wiederholte Anblick der sich schleppenden alten Frau könnte ihnen eine nachdrückliche Empfehlung gewesen sein, auf ein vormals ausgeschlagenes Angebot jetzt einzugehen. Es sind nur wenige Meter von der Ecke Rue Pajol bis zur Nummer 25 der Rue Marc-Seguin. Nichts ist sehenswürdig auf diesem kurzen Straßenstück, nichts, was zu einem Vorwand taugen könnte, eine Zielstrebigkeit zu unterbrechen. So fordert Alice Benaïm Täter und Komplizen das Kunststück ab, ihr mit gedrosselten Schritten nachzustellen.

Von allen Opfern, auch denen, die noch folgen werden, erleidet die algerische Jüdin Alice Benaïm den grausamsten Tod. Sie hat beim Sterben so viel auszustehen, als ob ihren Mördern zur kalten Absicht noch das Motiv der Rache gekommen sei. Vielleicht reagierte Alice Benaïm schon im Fahrstuhl, während sie den Knopf für die vierte Etage drückte, missliebig auf die beiden Gestalten, die sich plötzlich eingefunden hatten. Sie könnte, wie es alten Frauen eigen ist, vor sich hingemurmelt haben, wobei sie die schwarze Menschenflut in Paris beklagte, ihr täglich schwärzer werdendes Quartier La Chapelle, ihre Straße, die Rue Marc-Seguin, in der es neuerdings ein Schlafasyl für Schwarze gebe, und jetzt teile sie das enge Gehäuse ihres Fahrstuhls schon mit ihnen.

Vielleicht lag Alice Benaïm auch nichts ferner, als sich in diesem Sinne auszulassen. Vielmehr war sie in Angst versetzt durch die um Kopflängen sie überragenden Männer und hatte Anstalten gemacht, aus dem Fahrstuhl wieder auszusteigen. So könnten Täter und Komplize ihren Hilferuf gefürchtet haben oder mussten ihn akustisch sogar schon unterbrechen, indem sie schnell das rasselnde Scherengitter des Aufzugs schlossen. Und während der Fahrt in den vierten Stock hatten sie die Alte das Parieren gelehrt. Oben angekommen, könnte sich dann Alice Benaïm wie ein Beutetier, dessen Widerstand erloschen ist, in ihr Lebensende geschickt haben.

Gegen 13 Uhr findet André Benaïm, bei seiner Mutter zum Mittagessen verabredet, die Tote. Die Hände sind mit Elektrokabel gefesselt. Neben ihr steht eine Streudose mit Destop, einem Abflussreiniger. Aus ihrem Mund tritt der Schaum der sich auflösenden Kristalle. Alice Benaïm wurde ein Tod durch Verätzung erteilt.

Im ersten Drittel des November 1984 zahlen Paulin und Mathurin den Rest ihrer Hotelschulden und gewinnen ihr früheres opulentes Auftreten zurück. Auch die Handgreiflichkeiten Paulins nehmen von Neuem zu und lassen Mathurin den Beistand des Nachtportiers suchen. Obwohl das Gespann keine finanzielle Not mehr leidet und wieder in Restaurants verkehrt, findet es sich zu den Abendnachrichten vor dem Hotelfernseher ein.

Unter den Geschehnissen des Tages werden in diesem Novemberdrittel auch Beiträge über Morde gesendet, die sonst eher der dunklen Normalität einer Großstadt zugehören und keine breite Erwähnung finden. Dabei will dem Nachtportier aufgefallen sein, dass Paulin und Mathurin mit sich steigernder Unruhe auf eine bestimmte Meldung warteten. Und ohne einen Zusammenhang herzustellen, will er wahrgenommen haben, wie ihre Angespanntheit plötzlich nachließ und sie sich auf ihr Zimmer zurückzogen, bevor die Sendung zu Ende war.

Vor dem Fernseher im Aufenthaltsraum sitzen fast nur jüngere Männer, einige großspurig ihre Einsamkeit ausspielend. Sie trinken Dosenbier und halten ihre heruntergerauchten Zigaretten wie in einer Pinzette zwischen Daumen und Zeigefinger. Für jeden Abend scheinen sie eine uneingestandene Verabredung getroffen zu haben, bei der sie sich dann teilnahmslos gebärden. Bis auf jenen 7. November, als ein Bericht von drei am selben Tag verübten Morden an alten Frauen handelte; jeder dem anderen ähnlich; einer jedoch das Grauen der beiden anderen überbietend.

In der Erinnerung des Nachtportiers hatte die Mutter des Hotelpächters aufgeschrien. Alle fuhren zusammen und lösten sich aus ihrer lockeren Sitzpose. Auch Paulin und Mathurin, die es manchmal unerklärlich eilig hatten zu verschwinden, widmeten sich dem Entsetzen der Frau. Paulin sicherte sich als Erster ihre Dankbarkeit, indem er von der Guillotine sprach. Und tonangebend, wie es seine Rolle im Hotel verlangte, brachte er die Rede auf das Trauerspiel der Polizei. Die sei zu dumm für einen Täter dieses Schlages.

Um den Montmartre sind die Straßen jetzt voller Polizisten. Ihr Anblick soll die alten Frauen beschwichtigen, die wie Teile einer versprengten Herde sich vor Angst erschöpfen. Sogar in Häusern, in denen die Mörder längst gewesen sind, ziehen Wachtposten auf. Schon vor Tagesanbruch hält in der Rue des Trois-Frères Nr. 27, dem Todeshaus der Maria Mico-Diaz, ein Beamter die Antenne seines Sprechgerätes ausgezogen, um jeden in schlaftrunkener Eile vorbeilaufenden Bewohner zu fragen: »Ist was passiert?« Es ist ein ratloser Aufwand. Die alten Frauen sollen Trillerpfeifen mit sich führen, rät die Polizei, und einfach pfeifen, wenn ihnen jemand nicht geheuer ist. Sie sollen Begleitung anfordern, wenn sie zum Postamt gehen. Als Leibwache sind Aufseher aus öffentlichen Gärten abgezogen worden. Eine Broschüre des Innenministers gibt Verhaltensmaßregeln: Bei jedem Klingeln absolutes Vergewissern der Person! Öffnen nur bei eingeklinkter Kette! Bei geringstem Verdacht den Notruf wählen, in drei Minuten sei die Polizei zur Stelle!

Die furchtsamen Alten bemühen die Schlosser, die ihre Wohnungstüren sichern sollen. Dabei starren die Türen schon vor toten Schlössern und plombierten Löchern. Doch jetzt könnten sie sogar den Schultern mehrerer Polizisten standhalten, die, zweimal Anlauf nehmend, sich dann auf drei dagegenstemmen. Von innen in Stahl gefasst, spannen sich über ihre gesamte Breite noch bis zu vier Barren aus Eisen. Dazu kommt das Stangenschloss, dessen Riegel vom oberen Türrahmen abwärts in den Fußboden greift.

Das Öffnen und Schließen einer solchen Tür überfordert die alten Frauen. Jedes Mal müssen sie diese Kerkergeräusche machen, dieses, wenn sie ausgehen oder jemanden einlassen, atmosphärisch unangenehme Hochreißen der Barren aus ihrer Verankerung. Und wenn sie zurückgekehrt sind oder eine nahestehende Person verabschiedet haben, müssen diese Barren wieder quergelegt werden. Bei aller Beruhigung ist es ein erschöpftes Übrigbleiben.

Es war auch abzusehen, dass Jean-Marie Le Pen sich des Unheils bedienen würde. Die Kolonnen des Front National tragen von Bürgersteig zu Bürgersteig gespannte Transparente vor sich her, auf denen sie die Todesstrafe fordern. Sie klagen die Sozialisten an, Paris den Mördern zu überlassen. Skandierend drücken sie sich durch die schmalsten Straßen; Drogen und Immigranten, Faulheit und freches Existieren, Verbrecher und unbeschützte Bürger; jedes Wort entzündet das nächste wie ein die Lunte entlanglaufender Funke.

Als Erste frieren die hageren alten Männer aus dem Maghreb, die an den Metrobahnhöfen Barbès-Rochechouart und La Chapelle ihre Palaver abhalten. Lange bevor es ernsthaft Winter ist, tragen sie eine kamelfarbene Strickmütze und beklopfen ihr dünnes, über die Schuhe reichendes braunes Wollhemd. Gegen diese früh empfundene Kälte ist der Boulevard Rochechouart schon mitten im November von dicker Wäsche überschwemmt. Vor allen Tati-Kaufhäusern, jedes den tunesischen Gebrüdern Ouaki gehörend, türmen sich hohe Haufen langer Unterhosen, an denen gerissen wird wie bei einer Löwenmahlzeit.

Die Wirkung der Tati-Kaufhäuser im zerfallenden Quartier La Goutte d'Or ist die einer langen, weißen Festung. Selbst die geringste Helligkeit verdankt sich ihr. Wenn etwas aufblitzt in den miserablen Straßen, dann ist es eine rosa Plastiktüte mit dem blau gedruckten, kindlich klingenden Namen. Hier endet auch der Sog der Sacré Cœur, obwohl sie noch zur Nachbarschaft gehört. Die Bewohner des Quartiers La Goutte d'Or stammen überwiegend aus Nordafrika. In den Auslagen ihrer Stoffgeschäfte liegen Stickereien für Hochzeitskleider. Auch die Regale im Innern sind voll davon. Schon beim Anflug eines Interesses zerrt der Besitzer einen Ballen aus der Wand, um auf der Theke zwei, drei Meter abzuwickeln. Und während durch sein hartes Ziehen der Ballen von einer Kante auf die andere schlägt, nennt er den Preis einer günstigen Schneiderin. Dann deutet er mit drapierenden Griffen das Bauschen eines Rockes an und lobt die unbekannte Braut.

Das Viertel steht in einem schlechten Ruf. Schon das ungenaue Wissen über eine Tat genügt, den Täter hier zu suchen. Dazu kommt der äußere Niedergang, die Schutthalden geschleifter Häuser zwischen den Fassaden der übriggebliebenen. An den Fenstern hängen schwankende Vorbauten zur Vergrößerung der Küchen, fragile Terrassen aus Kistenholz. Am Metroausgang La Chapelle verteilt Professor Sylla, auf einem Koffer sitzend, Visitenkarten an die Menge. Er ist ein Marabut, ein weiser Moslem; wer verlassen sei, der möge ihn besuchen, steht auf der Karte. Der Partner kehre danach zurück und werde ein folgsames Hündchen.

Ein vorsorglicher Verdacht ruht auf der Gegend, als sei sie für jedes Verbrechen gut. Er fügt alles zu einem ungünstigen Bild, schürt die Einbildungskraft und belohnt sie schließlich. Wer rennt, scheint zu fliehen. Wer eine klinkenlose Tür mit einem Vierkantschlüssel öffnet, könnte ein Hehler sein, der in sein Warenlager geht.

Der Polizei fehlt das Mordmotiv. Die Zeichen der Hast an den Orten der Verbrechen sprechen für die Geldbeschaffung Süchtiger; ebenso die verschmähten Gegenstände, die zeitraubend bei einem Hehler einzulösen wären, wie die an den Handgelenken belassenen Armbanduhren. Das Tatmotiv Sucht würde auch die zurückgelassenen Scheckhefte erklären, die unbrauchbar sind beim Drogenkauf. Dagegen erscheinen die Morde zu methodisch für die Panik eines Süchtigen; für die Gattung Raubmord jedoch zu unmethodisch.

Sieben von neun Opfern lebten in kleinen bis armen Verhältnissen. Sieben Mal war das Wagnis eines Mordes eingegangen worden ohne jede Verheißung auf Reichtum. Die Peinigung der alten Frauen, die aus den geschlitzten Matratzen gezerrte Wolle, die Mühsal, das Geld zu finden nach einem nur seinetwegen verübten Mord, verraten keinen kalten Plan. Schließlich erwägt die Polizei den Gratisakt eines Sadisten. Sie widmet sich auch der Theorie vom Vollmondtäter. Die ersten drei Morde, zwischen dem 4. und 9. Oktober, fallen in die Phase des zunehmenden, am 10. Oktober vollstehenden Mondes. Fünf weitere Morde ereignen sich zwischen dem 5. und 8. November, wieder bei Vollmond. Die Zeitungen bringen psychiatrische Verlautbarungen zum Vollmond als Mordanstifter. Der Mörder, heißt es in den gerafften Zitaten, wiederhole die Taten bis zu seiner Festnahme. Er ertrage das ständige Entkommen, die Anonymität seiner Erfolge nicht. Am Ende begehe er mit Absicht einen Fehler und mache auf sich aufmerksam.

Mitte November 1984 erlebt das Hotel *Laval* ein Spektakel. In engen Paillettenkleidern, geschminkt und mit Perücken, treten Paulin und Mathurin vor der abendlichen Fernsehrunde auf. Sie biegen sich zu Liedern von Eartha Kitt aus dem Kassettenrecorder, lassen die Federboa rotieren und schleudern das Kabel eines simulierten Mikrofons. Im Getränkeautomaten fallen die Biere ins Schubfach; Paulin und Mathurin geben ihren Abschied. Sie gastierten mit einer eigenen Revue in Toulouse, erzählen sie dem Nachtportier. Dabei habe Paulin seine Berühmtheit als bester Imitator von Eartha Kitt vorausgesagt. Drei Jahre später wird es ganzseitige Fotos in Illustrierten geben, auf denen Paulin mit halbgeschlossenen Augen in ein Mikrofon singt, die Federboa wirft und wie Eartha Kitt im hohen Schlitz eines Paillettenkleides ein Bein ausstellt. Die Fotos stammen aus der Nachtbar *Rocambole* in Villecresnes, einem populären Travestielokal, dreißig Kilometer südöstlich von Paris. Hier dürfen auch Amateure ihre weiblichen Hoheiten nachahmen.

An zwei Opfern finden sich identische Fingerabdrücke. Sie erweisen sich aber als wenig hilfreiche Spur, da sie bei der Mordkommission am Quai des Orfèvres noch nicht gespeichert sind. Die Schleppnetzfahndung im achtzehnten Arrondissement füllt die Arrestzellen der Reviere. Fuhrenweise werden Verdächtige angeliefert, darunter Taschendiebe, Einbrecher und Dealer. Aus der Avenue Junot in Montmartre kommt der Hinweis auf zwei dunkelhaarige Männer europäischen Typs, möglicherweise Zigeuner.

Bis ins Händlergewimmel der U-Bahnhöfe greift der feine Fahndungskamm. Keiner, der hier nicht dunkelhaarig wäre. Auf den Klapptischen liegen schon die ersten Weihnachtssachen, Flamingos mit angewinkeltem Bein und einer Schlaufe für den Tannenbaum. Ihre Ausrufer tragen Schals im Karomuster von Burberry, das einmal bessere englische Mode war. Im Lebensernst erstarrte Männer führen Scherzartikel vor. Mit zwei versteckten Fingern öffnen und schließen sie das Maul eines Filzfrosches und machen diese Bewegung zur Handlung eines Büßers.

Der Ende November wieder zunehmende Mond scheint die Polizei zu hetzen. Durch die Angespanntheit ihrer Suche erhöht sich die Zahl der suspekten Personen. Jedes Milieu mutet sich ihr ergiebig an; die schmalsten Couscous-Restaurants, in denen der Wirt den Nachschlag mit der Kelle bringt; die antillischen Friseure am Boulevard Rochechouart, die bei der Arbeit tanzen und über einem dicht zu scheitelnden, mit dünnen Zöpfen zu versehenden Kopf einen ganzen Tag zubringen, und, als Ausrüsterin der Nomaden, die marokkanische Kofferzeile am unteren Boulevard de la Chapelle.

Paulin und Mathurin können in Toulouse keine gute Zeit verbracht haben. Nach den ungefähren

Daten, zu denen sie sich in Paris wieder einmieteten, müssen sie getrennt zurückgekehrt sein. Mathurin wohnt schon im Frühjahr 1985 bei einem Steward in der Rue Louis-Blanc Nr. 53 im zehnten Arrondissement. Paulin bezieht dagegen erst im Herbst ein Zimmer in der Rue Boyer Barret Nr. 14 im vierzehnten Arrondissement. In späteren Erzählungen Paulins ist das Kapitel Toulouse eine einzige Bestätigung seiner Fähigkeiten. Er schildert sich als Chef einer Revue und gleichzeitig als Täuscher der Polizei, die ihn wegen ungedeckter Schecks, öffentlichen Ärgernisses und Schlägereien öfters vorgeladen, aber nie habe überführen können. Schließlich sei er der Provinz überdrüssig geworden.

Nach den Morden im November 1984 lebten die alten Frauen in einem gebannten Warten auf den nächsten Vollmond. Dessen Erscheinen am 8. Dezember löste jedoch seinen Schrecken nicht ein. Das unausgesetzte Inspizieren hatte die Unterwelt aus den Quartiers La Goutte d'Or, La Chapelle und Pigalle vertrieben. Sogar auf den Metrotreppen lichtete sich das Spalier der Anbieter von unsichtbaren Waren. Aus keinem Jackenärmel reckte sich mehr ein Handgelenk voller Uhren. Auch die illegalen Ticketverkäufer, die den Fahrschein unter dem Daumen vorspringen lassen wie eine kurz gezeigte Zunge, hielten sich zurück.

Im achtzehnten Arrondissement kehrte also Ruhe ein; vielmehr war der Unruhe die Spitze genommen.

Jetzt sah sich das restliche Paris bedroht. Bürgermeister Jacques Chirac verfügte, den Einsatz von Leibwächtern, wie er sich in Montmartre bewährt zu haben schien, auf die gesamte Stadt auszuweiten. Aus allen Parks und Gärten wurden Inspektoren rekrutiert. Im März 1985 zählte diese Brigade hundertdreißig Mann, die sich bis zum Jahresende auf zweihundert erhöhen sollte. Und als rechne er mit der Unauffindbarkeit der Mörder, forderte Chirac im Einklang mit den Bezirksbürgermeistern weitere hundert Mann für 1986.

II

Gegen elf Uhr abends führte Monsieur Deshayes gewöhnlich seinen Hund noch einmal aus, einen schmalen gelben Wolf, Pépère genannt, was Väterchen bedeutet. Das in seiner Vorfreude ungestüme Tier schoss das Treppenhaus hinunter bis zum ersten Stock, wo um diese Zeit auch Mathurin aus einer Wohnung trat. Er trug Frauenkleider und war auf dem Weg zur Arbeit, worunter Monsieur Deshayes sich nur das Trottoir der Rue des Martyrs am Pigalle vorstellen konnte. Der Hund versah nun sein Hüteamt, indem er einige Stufen mit Mathurin hinunterging, danach hinauflief zu seinem Herrn und von Neuem wieder an die Seite Mathurins.

Monsieur Deshayes fand dieses klammernde Auf- und Abwärtslaufen seines Hundes ärgerlich. In seiner bequemen Hose, wogegen Mathurin in einem schlauchengen, die Schritte behindernden Rock kaum von der Stelle kam, näherte Monsieur Deshayes sich dann notgedrungen dieser ihm widernatürlichen Gestalt. Jetzt gab auch der Hund endlich Ruhe, da er seine Schutzbefohlenen beieinanderhatte. Mit gestauchten Wirbeln und in mühevoller Eintracht mit dem Transvestiten stieg er das letzte Stück Treppe hinab. Und Monsieur Deshayes bot sich der Anblick ihrer bei jeder Stufe ausschwenkenden Hinterteile.

Mit kurzen Unterbrechungen wohnt Mathurin bis zum Herbst 1987 in der Rue Louis-Blanc. Anfangs gilt er als Liebschaft seines Vermieters, des Stewards Eric Laraque. Dieser Eindruck verflüchtigt sich jedoch. Mathurins Zimmer geht zum Hof. Er nimmt Sonnenbäder auf dem Schmiedegitter seines Fensters sitzend und lässt die Zigarettenkippen fallen. Die Concierge findet auch Präservative in den Kübelpflanzen. Es ist ein magnetisierendes, der Hausgemeinschaft Einsicht gewährendes Fenster, auch wenn sich manche recken oder auf eine Fußbank stellen müssen. So brachte Madame Lorogne es zuwege, an einem heißen Sonntag drei nackte Männerpaare in der Tiefe des Zimmers zu erkennen, unter ihnen den Steward Laraque mit einer Schlafmaske.

Mathurin hat viel Männerbesuch. Den Zahlencode der Zwischentür blockiert er mit Streichhölzern. Die schrillsten und die mattesten Figuren sind auf der Treppe anzutreffen. Einige erfinden sich schnell ein Handwerk, wenn sie angesprochen werden. Allein an Wochenenden hatte Monsieur Deshayes fünf Mal die Begegnung mit einem anderen Klempner. Einer drückte die Türscheibe ein, als Mathurin nicht öffnen wollte. Und nach einem Zweikampf in den Scherben war der Eingang voller Blut. Dieser Unwillkommene sei Paulin gewesen, sagt Monsieur Deshayes.

Mathurin dreht die Musik auf, dass im Hof das Weinlaub zittert, und greift Monsieur Spiquel, der sich beschweren will, gleich beim Krawattenknoten. Über dem Ärgernis Mathurin ist im übrigen Haus der Frieden eingekehrt. Sogar die achtköpfige, auf den zwölf Quadratmetern einer Dienstbotenkammer lebende Chinesenfamilie hat er als Ärgernis ablösen können, obwohl deren schwerkranker Großvater weiter auf die Treppe spuckt.

Mathurin hat Joséphine wiedergetroffen, den Grotesktänzer aus dem *Paradis Latin*. Sie beginnen ein Liebesverhältnis, und Mathurin zieht tage- und wochenweise zu ihm. Nach späteren Aussagen des Tänzers war Mathurin bemüht, nicht mehr von Zufällen zu leben. Er habe Geld als Kellner verdient und als Propagandist vor Kaufhäusern. Er sei sonntags in die Messe gegangen und habe den Kontakt zu seiner Mutter gesucht, die in einem Hotel der Rue Pajol in Dauerlogis wohnte. Im Überschwang seiner neuen Rechtschaffenheit soll er sogar daran gedacht haben, für sich und Joséphine ein Haus zu mieten.

Für Paulin bedeutet die gewendete Existenz Mathurins eine doppelte Abtrünnigkeit. Die Verwandlung des unsteten Freundes in einen beständigen Geliebten ist ihm so unerträglich wie dessen Arbeitseifer. Paulin will teilhaben an dem Glück; Joséphine soll auch ihn beherbergen. Als es ihm verweigert wird, will er das Glück zumindest stören. Schließlich legt er Feuer im Appartement des Tänzers und treibt das Paar in die Flucht. Stärker als vorher müssen die beiden jetzt seine Gereiztheit fürchten. Sie wechseln quer durch Paris von einem Hotel ins andere, wobei das Irreführen die Ausdauer ihres Verfolgers nur steigert.

Es ist anzunehmen, dass Joséphine, der im Engagement stehende Tänzer, nicht ständig mit Koffern und Kleidersäcken unterwegs sein wollte. Um dieser Zumutung ein Ende zu setzen, könnte er Mathurin gebeten haben, zurückzukehren in die Rue Louis-Blanc.

Am 20. Dezember 1985, inzwischen ist über ein Jahr vergangen, beginnt im vierzehnten Arrondissement eine neue Serie von Morden an alten Frauen: Estelle Donjoux, einundneunzig, erstickt unter ihrer Matratze; Andrée Ladam, siebenundsiebzig, erwürgt; Yvonne Couronne, dreiundachtzig, erwürgt. Die Todesdaten der beiden letztgenannten sind der 6. und 9. Januar 1986. Die Wohnungen dieser Opfer liegen nur kurze Fußwege voneinander entfernt. Von der Rue Baillou, wo Andrée Ladam ermordet wurde, bis zur Rue Boyer-Barret, wo Paulin ein Zimmer hat, sind es zehn Minuten.

Neben den Männern, die ihm sexuell verfallen sind und die er kujoniert, möchte Paulin Freunde gewinnen. Er ordert den Whisky in Flaschen und hält jeden frei, der ihm zuhört. Sein Thema ist die Kindheit, der an allen Tischen überzählige Sohn. Manchmal tauscht er die erbärmliche Kulisse auch gegen eine bessere aus. Darin gibt es einen gutsituierten Vater mit geschäftlichen Aufenthalten in Paris. Solche Nächte enden für Paulin meistens gleich: Die Thekenkumpane, seiner Monologe müde, lassen ihn zurück. Um seinem Elend einen weicheren Ausklang zu geben, spendiert er dem Barmann noch ein Glas und blättert die Zeche hin, ohne sich herabzulassen, anschließend das Wechselgeld zu zählen.

Unter den Nutznießern in Paulins freigebigen Nächten mag Hervé Gescoffe eine Ausnahme gewesen sein. Er will gleich die Bedürftigkeit des Antillais erkannt haben, obwohl dieser in den gedämpften Klubs über Gebärden verfügte, als sei er der Erbe eines Inseldiktators. Gescoffe nimmt ihn mit zu sich,

Nähe Metro Voltaire im elften Arrondissement, wo er mit einem Freund eine Vierzimmerwohnung teilt. Auch wenn Paulin dem Freund missfällt, darf er bleiben, da er kochen kann und auch das Saubermachen übernimmt. Seine Wohltäter nennen ihn »Mamie Négresse«.

Außerhalb seiner Dankbarkeitsdienste verbinden Paulin mit Gescoffe gemeinsame Rauschzustände. Die beiden nehmen Captagon mit Whisky, um zu halluzinieren. Und wie Gescoffe sich später erinnert, verriet Paulin selbst in diesen ungeschützten Momenten nie, wovon er lebte. In der Metro macht Paulin Gescoffe auf alte Frauen aufmerksam. Er bittet ihn, zu beobachten, ob die Frauen auf ihn, den Antillais, mit Angst reagieren. Gescoffe will darunter einen bizarren Sport verstanden haben, dem Paulins verhasste Herkunft zugrunde lag. Knapp zwei Jahre danach deutet Gescoffe diese Metrofahrten als den Versuch Paulins, in ihm einen neuen Komplizen zu rekrutieren.

Die *Residence Panam* im elften Arrondissement ist ein Labyrinth. Neun Eingänge liegen an drei verschiedenen Straßen, der Rue Amelot, der Rue Alphonse-Baudin und der Rue Pelée. Das Anwesen ist von teurer, austauschbarer Modernität, wie sie in Miami nicht anders anzutreffen wäre als in Haifa. Die Loge des Pförtners hat die Größe eines Chefbüros, was der ungewöhnlichen Merkfähigkeit entsprechen mag, über die der Mann verfügen muss. Den 400

Appartements sind 1300 Bewohner zuzuordnen, die meisten von ihnen jüdisch und in fortgeschrittenem Alter. In den Innenhöfen gibt es das gleichmäßige Geräusch einer Wassertapete, die eine Marmorwand hinunterläuft.

Marjem Jurblum benutzte nur den Eingang Rue Pelée Nr. 7, auch wenn sie vom Einkaufen kam im jüdischen Quartier Marais und ein Eingang in der Rue Amelot für sie näher gelegen hätte. Sie ging jedoch lieber zwischen vielen Unbekannten in der Straße, als durch die verzweigten Gänge abzukürzen, wo ein einzelner Unbekannter sie erschreckte. Das weitläufige Haus schien wie geschaffen dafür, dass Fremde sich in ihm verirrten. Ebenso konnte ein niemals gesehenes Gesicht einem Bewohner gehören.

Marjem Jurblum ließ sich von keinem die Einkaufstasche tragen, selbst wenn der Hilfsbereite ein Nachbar war und sie ihn beim Namen grüßte. Stieg eine zweite Person im Fahrstuhl zu, stieg Marjem Jurblum wieder aus. Ihr polnischer Akzent kam dabei ihren Ausflüchten zustatten, die dadurch weniger indignierend waren. Am 12. Januar 1986 wurde sie, einundachtzig Jahre alt, gefesselt und unter einer Plastiktüte erstickt in ihrer Wohnung gefunden. Bedrohlicher als das eigentliche Verbrechen wirkte in der *Residence Panam* die Wahl des Opfers. Allen hatte es der Verdacht angetan, die Vorsicht der Marjem Jurblum habe ihre Ermordung begünstigt.

Aus dem Mitbewohner Paulin ist ein sporadischer Gast geworden. Dann steht der aufgelesene Freund von Hervé Gescoffe vor dessen Tür und bittet für eine Nacht unterzukommen. Er verzichtet auf sein angestammtes Bett. Er will auf dem kurzen Sofa schlafen. Manchmal besteht er darauf, nur auf dem Boden zu liegen. Am Morgen nach den unkomfortablen Nächten macht er mit einer Sorgfalt Toilette, als präpariere sich ein Bräutigam. Er bürstet gegen das hochstehende Rechteck seiner Brikettfrisur an und zwingt die Haare flach an den Kopf. Danach drückt er sich eine Baskenmütze in die Stirn. Das Frühstück schlägt er jedes Mal aus. Er müsse zur Arbeit nüchtern sein.

Gescoffe macht sich keinen Reim auf diese spartanischen Gastspiele. Auch die Toilettenrituale passen in sein Bild von Paulin, der in jedem spiegelnden Schaufenster sich seines Aussehens versichert. Erst sehr viel später ergeben die Besuche und das Gebaren Paulins einen Sinn für Gescoffe. Die gelegentlichen Übernachtungen könnte Paulin auf mehrere Wohnungen verteilt haben. Er könnte, um frische Reviere abzulaufen, den Ort für seinen morgendlichen Aufbruch mit der Baskenmütze immer wieder gewechselt haben.

Am selben Tag wie Marjem Jurblum wird die dreiundachtzig Jahre alte Françoise Vendôme gefunden. Sie wohnte im zwölften Arrondissement, wo der Täter 1984 mit dem Morden begonnen hatte. Ende Januar 1986 hält er ein drittes Mal in der Gegend Ausschau, und der Zufall schickt ihm Virginie Labrette über den Weg. Sie ist sechsundsiebzig und sehr klein und dünn. Das raue Wetter an ihrem mutmaßlichen Todestag hat Monsieur Schiffer, einen Nachbarn, spaßeshalber zu ihr sagen lassen: »Gehen Sie nicht raus in den Wind, Madame Labrette!« Im Juni endet die zweite Mordserie. Ihre letzten Opfer sind Yvonne Schaiblé, siebenundsiebzig, und Ludmilla Liberman, sechsundachtzig, eine Amerikanerin auf Besuch.

Das Verhängnis der Yvonne Schaiblé könnte die Nähe ihrer Wohnung zu einer Crêperie gewesen sein, im fünften Arrondissement der Metrostation Jussieu gegenüberliegend. Sie gehört einer Frau namens Odette. Die Frau hatte Mathurin, als er in Not war, mit ihren Pfannkuchen ernährt und sich als seine mütterliche Freundin verstanden. Der Beginn der Freundschaft fällt in die Zeit, in der Mathurin noch um das *Paradis Latin* strich, wo er eine Anstellung erhoffte. Da er immer hochgestimmt hinlief zu dem Kabarett in der Rue du Cardinal-Lemoine und immer niedergeschlagen zurückkehrte, nannte ihn die Pfannkuchenbäckerin damals »la grande folle du Paradis«. In der Gefolgschaft Mathurins nahm dann auch Paulin bei Odette einen Stammplatz ein. Und es gelang ihm möglicherweise, ihre Gunst von Mathurin ganz auf sich zu lenken. Tatsächlich gibt er sie später als seine Adoptivmutter aus.

Als Paris noch neu für ihn war, fand Paulin sich hässlich. Er wollte sich sogar kosmetisch operieren lassen und war seine Mutter um Geld angegangen. Doch was ihm damals sein Unglück bedeutete, die ungeformte Nase und der wie durch einen Boxhieb verschwollene Mund, sollte sich bald zu seinem Vorteil umkehren. Paulin trifft den überreizten Geschmack bestimmter Männer, denen er seinen Preis diktieren kann. Er gilt als brutale Schönheit. Auch die Ausstattung seines Körpers ist renommiert. Selbst der unangekündigte Schlag, mit dem er jemanden niedermacht, trägt zu seinem Ansehen bei. Den Schwulenbars im Hallenviertel sind seine Ausbrüche vertraut. Man geht in Deckung und wartet sie ab wie ein Naturereignis. Und wenn der Wütende wieder im Lot ist, tauchen alle als Claqueure neben ihm auf. Dann werden die Champagnerflöten aneinandergereiht, und der Barmann legt einer Flasche die Serviette um.

Am 13. März 1986 findet in der Schwulendiskothek *Opera Night* ein Fest statt namens »Body Rock«. Sein Initiator ist Paulin. Das Milieu, das einen Drogendealer in ihm sah, um sich sein Geld zu erklären, glaubt ihm von jetzt an alles.

Im August raubt Paulin in Alfortville bei Paris mehrere Personen aus. Es sind Drogenkunden, die im Appartement eines Zwischenmannes auf den Dealer warten. Auch Paulin, der gestreckte Ware reklamieren will, erwartet ihn. Weil der Dealer nicht erscheint, tritt Paulin den Fernseher ein, zeigt auf eine Pistole in seiner inneren Jackentasche und kassiert bei den Anwesenden. Er wird zu 16 Monaten Haft in der Vollzugsanstalt Fresnes verurteilt, von denen ihm drei Monate erlassen werden. Danach muss sein Hunger nach Geltung, vor allem bei jenem besseren, seinesgleichen abweisenden Paris, noch zugenommen haben.

Estera Epsztejn stieg an der Metrostation Voltaire aus. Als sie die Nässe auf der oberen Hälfte der U-Bahn-Treppe sah, band sie sich, noch auf den unteren, trockenen Stufen stehenbleibend, ihre Plastikhaube um. Sie kam von ihrer Versorgungskasse in der Rue Nationale, wo sie für den Nachmittag eine Vorladung gehabt hatte. Inzwischen ging es auf den Abend zu. Der Überdruss über den zurückliegenden Tag war ihr sicher anzumerken. Einmal, weil die Vorladung auf einem Irrtum beruhte, der weite Ausflug vom elften ins dreizehnte Arrondissement also umsonst war. Und vor ihr lag noch der unbehagliche Heimweg in ihre tote Straße, die Rue Duranti.

Auch für Paulin war der beginnende Abend nicht die übliche Zeit, eine alte Frau zu verfolgen. Der Entschluss, ebenfalls am Boulevard Voltaire auszusteigen, wird vielmehr seinem Freund Gescoffe gegolten haben. Er musste Gescoffe seine lange Abwesenheit erklären. Und bestimmt hatte er schon eine attraktive Geschichte ersonnen für seine dreizehn Monate in Fresnes. Wahrscheinlich brauchte er, frisch aus der Haft entlassen, auch ein Bett.

Nichts weiter könnte Paulin am 6. Oktober 1987 im Sinn gehabt haben. Bis ihn dann Estera Epsztejn interessierte, die müde dastand und mit gedehnten Handgriffen ihre Kapuze auseinanderfaltete.

Frida Fischel vergällt Estera Epsztejn wieder einen Nachmittag. Die rot hingeschminkten Wangen geben ihrem Gesicht nicht das kleine Glühen einer alten Frau, sondern eine strotzende Ländlichkeit. Die Handtasche auf dem Schoß wie bei einer Metrofahrt, sitzt sie am runden Tisch, um die Überfallene zu trösten. Dazu stellt sie gerne ihr eigenes Schicksal aus. Mit achtzig war sie Witwe eines um zehn Jahre älteren Mannes geworden, was inzwischen zwei Jahre her ist. Zu ihren verschärften Lebensumständen zählt noch, dass sie als Jüdin 1930 Galizien verließ. Für Estera Epsztejn sind das eher glückliche Tatsachen.

Nach Treblinka, in Bergen-Belsen, wog sie noch sechsundzwanzig Kilo. Ihr Mann, Chaskel Epsztejn, von Beruf Schneider, war sieben Jahre gelähmt, bevor er starb. Sie hatte ihn in die Werkstatt gebettet, 53, Rue Meslay, im jüdischen Textilquartier Le Sentier, wo sie unter seinen Augen weiter hantierte. Estera Epsztejn öffnet mit einer großen Schneiderschere einen Rentenbrief aus Deutschland und zeigt mit den Händen, um wie viel größer noch die Scheren ihres Mannes waren.

Den Schlag gegen die Schläfe hatte Estera Epsztejn erst nach ihrer Ohnmacht gespürt. Ebenso den Schmerz im Nacken, der, wie sie annahm, von dem Ruck herrührte, mit dem Paulin ihr die Goldkette vom Hals gerissen haben musste. Seine übrige Beute waren die 700 Franc aus ihrer Kommode. Als Kenner der abwegigsten wie der sich leicht anbietenden Verstecke wird er das Bündel schnell entdeckt haben. Danach könnte ihn die Kargheit des Zimmers davon abgehalten haben, nach weiterem Geld zu suchen.

Alles lag am alten Platz; die Tagesdecke stramm über das Bett gezogen, an dessen Kopfende aufgeschüttelt die drei hochgestellten Kissen. Nichts war verrückt auf dem Wachstuch des großen runden Tisches. Die täglich benutzten Dinge befanden sich noch in ihrer altarhaften Anordnung, jedes in Richtung des einen Stuhles, auf dem Estera Epsztejn immer saß: das Wasserglas neben der Vittelflasche, das transparente Mäppchen voller gezackter, kleiner Fotos, das Nähzeug und der Obstteller mit aufgestütztem Messer. Diesen Halbkreis überragte von hinten ein Begonienstock, und zur Tischkante hin stand das in Wochentage und Uhrzeiten eingeteilte Plastikkästchen mit den Herztabletten.

Während die stattliche Frida Fischel den Rücken wie aus sturem Guss gegen die Lehne drückt, nimmt Estera Epsztejn nur ein Drittel ihres Stuhles ein. Zuerst habe sie geglaubt, die Gestalt vor dem Aufzug sei ihr Enkel, auch ein Riese. Um eine Vorstellung von ihm zu geben, zeigt sie auf das ungewöhnlich hochhängende Foto über ihrem Bett. Ohne Leiter habe der Enkel den Nagel eingeschlagen. Alles, was der tue, gerate ihm hoch. Frida Fischel will das Foto unter der Zimmerdecke für eine Lüftungsklappe gehalten haben.

Ihr Vater, sagt Estera Epsztejn über den bärtigen Mann auf dem Bild, habe dreizehn Kinder zu ernähren gehabt. Er sei von Konskie, ihrem Dorf bei Lodz, bis Danzig hochgefahren, um Heringe zu kaufen. Zu Hause hat er sie geräuchert, dann ging er auf den Markt damit. Er setzte auch Sprudelwasser für den Straßenhandel an.

Die Gestalt vor dem Fahrstuhl war dann aber Paulin. Hinter der Tür des Müllschluckers habe er sie oben abgepasst, denn der Flur sei ohne Nischen. Und jetzt könne sie diesem Überleben wenig abgewinnen. Sie höre ihr Herz klopfen und ihr Blut rauschen, starre auf den Knopf des Telefons, der, wenn sie ihn drückt, ihre Tochter alarmiert. Aber wann dürfe sie ihn drücken? Das Alarmieren nutze sich ab. Ihrem eigenen Unglück den Vorrang gebend, sagt Frida Fischel: »Freuen Sie sich an dem Knopf, Madame Epsztejn, ich weine meine Tränen in mein Taschentuch.«

Paulin trägt grüne Kontaktlinsen. Er rasiert sich nicht, sondern lässt sich, der Schminke wegen bei seinen gelegentlichen Travestien, in einem Kosmetiksalon epilieren. Er nimmt Kokain, für das er täglich 1200 Franc beschaffen muss.

Auch wenn die älteren Männer ihn horrend bezahlen; für das Geld, mit dem er um sich wirft, muss es noch andere Quellen geben. Er breitet vor seinen Zuhörern ein Geflecht geschäftlicher Aktivitäten aus. Er ist Gründer einer Agentur für Mannequins, bei der er in Wahrheit Botendienste leistet und manchmal übernachten darf. Den Schönsten an den Theken verspricht er Verträge und notiert ihre Maße. Er hat ein Pressbook, ein Fotosortiment, in dem er selber Dressman ist, auch nackt posiert. Er will die »Trophées de la nuit« ins Leben rufen, einen Oscar für Nachtklubkünstler. Dabei stehe sein Vater ihm finanziell zur Seite.

Als er eröffnet, mit Aids infiziert zu sein, erfüllt sich sein Wunsch nach Beachtung allerdings nur dürftig. Die Anteilnahme des Milieus erschöpft sich mit einer zur Neige gehenden Flasche. Mit dieser Nachricht kann Paulin nur noch die Mutter treffen. Er braucht ein Entsetzen. Jemand soll einen Schrei ausstoßen, wenn er es erfährt. Horosiewicz, sein polnischer Geliebter, muss es der Mutter nachts noch am Telefon sagen. Der Mann ist ihm hörig; sein Schinder Paulin hat ihn schon oft zur Spottfigur gemacht. Einmal, als er sich weigerte, Paulin seine Kreditkarten zu überlassen, stach dieser ihm ein Messer in den Daumen.

Am oberen Pigalle, Rue des Martyrs, steht der Transvestit Carol gegen eine Hauswand gelehnt. Sein angewinkeltes Bein wirft einen aggressiven Schatten auf das Trottoir. Carol ist abonniert auf das letzte Stück der steilen Straße, wo die Autos, vom Montmartre kommend, wieder abwärts fahren. Von hier fallen auch die Gruppenreisenden mit ihren angeheiterten Zurufen wieder ein in die Stadt. Und während am Boulevard Rochechouart ihre Busse schon warmlaufen, lassen sie sich von Carol aufhalten.

Carol ist der Schönste; am Ende seiner Beine trägt er nur einen Volant, vergleichbar dem Lamellenröckchen bei einem hochstieligen Pilz. Seine Kollegen sind kleiner als er und überbieten auch in ihren Silhouetten kaum eine durchschnittliche Frau. Die Touristen verkürzen ihm das Warten, obwohl sich von diesen familiären Verbänden nie jemand absetzt für ein Liebesabenteuer, sich auch keiner trauen würde, unter dem anfeuernden, letztlich aber irritierenden Gönnen der Gruppe wirklich auch zurückzubleiben.

So gibt er sich dem Staunen der braven Leute hin, ihrer entzückten Schockiertheit, wenn er, unverhofft wie eine an unüblichem Ort stillende Mutter, eine Brust zum Vorschein bringt. Carol, der blonde Algerienfranzose, weiß über Samy Gemadin, einen tunesischen Herrenmodeverkäufer, dass Paulin sich am 4. November 1987 die Haare hat bleichen lassen.

Samy Gemadin findet sich selber nicht übel; Paulin dagegen fand er sensationell. Für einen Modesoldaten aus den Hallen, dem so schnell nichts die Beine wegschlägt, grenzt dieses Lob schon an Entäußerung. Auch Gemadin ist ein scharfer Konsument seiner Branche, ein von den Verfallsdaten der Jacken und Hosen gehetzter Mensch. Das Echo auf ein orangefarbenes Hemd zu einem schwarz-weiß gestreiften Gilet testet er während der Mittagspause in der Rue Saint-Denis. Und wie die anderen Figuranten des Hallenmilieus sitzt er nach Ladenschluss im Café *Costes* an der Rue des Innocents, einem Lokal im modernen Kältestil. Die Haube der aufgeschäumten Mixgetränke reicht bis zum Sockel der Gläser hinunter, was einen Kleinverdiener wie Samy Gemadin den Strohhalm zwar hineintauchen, die Lippen aber nur pantomimisch spitzen lässt, um den Pegel nicht zu senken. Nur Paulin, den er hier zum ersten Mal sah, hat unbedenklich schnell getrunken. Schon beim ersten kleinen Gurgelgeräusch im Halm war er sich zu schade für die Neige und hob den Arm für Nachschub.

Bei der zweiten Begegnung hatte Samy Gemadin Paulin als Kunden vor sich stehen. Paulin trug schwarze Jeans von »Closed« und einen schwarzen

Parfetto, das kurze Elvismodell aus Leder, bei dem die gestemmten Fäuste in den Vordertaschen den Rücken der Jacke strammziehen, wodurch das Gesäß umso plastischer hervorspringt. Auch ohne ihn sich als Liebschaft zu denken, sondern nur als auszustattendes Objekt, als schönes Gerüst für Kleidung, sah der Herrenverkäufer in Paulin ein Ideal. Hinzu kam das neben den Normen rangierende Gesicht. Wie ein inszenierter Fehltritt krönte es die übrige Symmetrie. Paulin kaufte schwarze Kniestrümpfe und Boxershorts der Marke »Arthur« mit blauschwarzen Rauten. Beim Bezahlen fragte er Gemadin nach einem Friseur; Gemadin nannte ihm den Salon *Rock Hairs* in der Rue de la Ferronnerie.

Am nächsten Tag fand sich Paulin wieder in dem Herrengeschäft ein. Doch schon während er die Rue Saint-Denis überquerte, hatte Samy Gemadin ihn durch das Schaufenster mit applaudierenden Gesten gefeiert. Über seinem geschorenen, dunklen Unterkopf hob sich eine platinblonde Bürste ab. Wie am Vortag steuerte Paulin gleich das Karussell an mit den auf Bügeln gespannten exklusiven Unterhosen. Dann blätterte er aber sehr unschlüssig in dem Sortiment, als wolle er die Zeit dehnen, um sich an den Komplimenten des Verkäufers sattzuhören. Erst nach der dritten Umdrehung des Wäschekarussells entschied er sich für weiße Shorts mit einem sich aufbäumenden Zebra längs der Hosenklappe.

Paulin kaufte jetzt alle zwei Tage, den ganzen November über, Unterhosen bei Gemadin. Manchmal drei auf einmal, immer die englischen »Arthur« für 110 Franc das Stück. Er machte, als greife er an einem angestammten Kiosk nach der Morgenzeitung, einen fast wortlosen Vorgang daraus. Und als Zutat hatte ihm Gemadin zwei Paar schwarze Kniestrümpfe bereitzulegen. Auf die Frage des Verkäufers, wozu er so viele Unterhosen und Strümpfe brauche, antwortete Paulin, er werfe sie nach dem Tragen weg.

Am 23. November, nach dem Mittagessen, als auch der letzte Hauch der Kochwärme verflogen war, tauchte Marie LeLamer in die Menschenfülle der Rue du Faubourg Saint-Denis. Bei der Kälte schätzte sie die vollen Trottoirs wie früher die Wetterställe im Morbihan, wenn sie als Hütemädchen die Kühe beieinanderhatte. Sie glaubte, durch den Atem der Passanten weniger zu frieren, jeder von ihnen fungiere als Rippe eines langen, öffentlichen Heizkörpers. Sie warf einen Brief an die Heilsarmee ein, in dem sie um Zusendung eines Winterpäckchens bittet.

Ihrem starken Hinken haftete eher etwas Dreistes an, als dass es den Eindruck einer Behinderung machte. Marie LeLamer flitzte wie ein Weberschiffchen durch die kompakte Fußgängermasse, niemanden an ihrer Seite duldend, immer eine Idee schneller. Und so wie ihr Gebrechen sie zu beschleunigen schien, wirkte auch ihr auffälliger Bartwuchs nicht nachteilig, sondern verwegen an ihr. Sie trug eine wilde Mischung aus geschenkten Kleidungsstücken, auch Dinge von teuerster Herkunft.

Zusammen mit Paulin bog Marie LeLamer gegen 14 Uhr wieder in ihre Straße ein, in die weißblaue Helligkeit der Passage de l'Industrie. Die Läden führen nur Friseurartikel. Hinter jeder Scheibe sind Frisuren auf gesichtslosen Köpfen dekoriert, gebändigte Japanhaare und rote Nachtklubmähnen auf Styroporovalen. Vor polierten Holzeiern mit Perückengaze liegen gekämmte, gesträubte und gekreppte Haarteile ausgebreitet, in denen, das Glatzendrama ignorierend, Schmuckspangen und Rundbürsten stecken. Marie LeLamer hegte keinen Argwohn gegen den blondierten Mulatten, dessen Zielstrebigkeit nirgendwo begreiflicher war als in dieser Passage, wo jeder den Skalp findet, den ihm die Natur versagt hat.

Marie LeLamer fegte noch ihr Höfchen, wie sie das betretbare Zwischendach unterhalb ihrer Wohnung nannte, als ein Mann hinaufrief, er habe Post für sie. Die Stimme machte ihr Angst, trotzdem will sie in festem Ton geantwortet haben, sie erwarte keine eingeschriebenen Briefe. Ihre Tür war noch nicht ins Schloss gefallen, als jemand von außen drückte und sie von innen ein Bein dagegen stemmte. Im Moment, wo sie fürchtete, sie breche sich das Bein, fiel sie auf den Rücken.

Gegen 16 Uhr kam Marie LeLamer wieder zu sich. Unter ihrem halben Hausstand begraben, aus Nase, Mund und Ohren blutend, lag sie auf dem Bett. Der Täter hatte sich, um an die oberen Klappen ihres Wandschranks zu reichen, den Tisch herangezogen und alles auf die scheinbar Tote raufgeworfen. Zugerichtet, wie sie war, ging Marie LeLamer zur Polizei, wo sie, den Täter beschreibend, eine nie erlebte Wichtigkeit erfuhr. Dunkler Teint, dunkle Baskenmütze, ein Ohrring rechts oder links. Zur Konservierung seiner Fingerabdrücke wurde später ihr Kaffeekännchen, das unzerbrochen am Boden lag, mit einer Masse überzogen. Gegen 18 Uhr dann nahm die Totgeglaubte wieder ihre Gewohnheiten auf, setzte sich hinter das Fenster ihrer Lumpengruft, bewegte den Rosenkranz gegen die Fingerkälte und profitierte vom Neonlicht der Passage.

Paulin ist mit den Vorkehrungen zu seinem 24. Geburtstag befasst. Ein exquisites Fest soll ihn am 28. November zum Gastgeber haben. Schon zu Beginn des Monats hat er dem Restaurant *Tourtour* in der Rue Quincampoix eine Anzahlung von 15 000 Franc geleistet. Er ist dort bekannt: einmal als untadeliger Kellner während dreier Wochen im Oktober '85; später als generöser Gast, der sein Intervall als Kellner vergessen machen will.

    Luc Benoît, der einen Smoking hat und Karate kann, will für 500 Franc den Türsteher machen. Er ist Student der École des Sciences politiques, einer Schule für höhere Staatskarrieren, in gängiger Abkürzung Sciences-po genannt. Nach Herkunft, Aussehen und Attitüde trifft Benoît die Pariser Chiffre b. c. b. g., was »bon chic, bon genre« bedeutet, ebenso wie die Chiffre NAP auf ihn zutrifft, die für Neuilly, Auteuil und Passy steht, die teuren Quartiers des Pariser Westens. Für Benoît ist Paulin ein aufgeblasener Analphabet. Doch Pascal Lagrange, ein Freund von der Sciences-po, hat ihm Paulin als Dressman-Agenten vorgestellt, und Luc Benoît würde es nicht unübel finden, sich nebenbei als Dressman zu versuchen.

Paulin ist magnetisiert von der Kaste der NAPs und des b. c. b. g. Er spielt den Tanzbär für diese gebürtige Kaschmirklasse. Er dreht sich vor ihnen in seinem grauen Radmantel und lässt seine Sherlock-Holmes-Pelerine abheben wie einen Balletteusenrock; die graue Mütze rechts heruntergezogen, da er links den Ohrring trägt. Das gefällt den kleinen Lebemännern, die dem Ergebenen applaudieren, worauf sich dieser als Zahlmeister in einer längeren Nacht dafür bedankt.

Die 200 Franc von dem missglückten Raubmord an Marie LeLamer versickern noch am selben Tag. Paulin fährt zum Aperitif zu Marc Murat in die Avenue Raymond-Poincaré in Passy. Der zweiundzwanzig Jahre alte Murat ist ebenfalls Student der Sciences-po; er will Diplomat werden. Auf Vermittlung eines Professors volontiert er bei der Nationalversammlung im Palais Bourbon. Er ist Assistent des Deputierten Gilbert Barbier aus Dôle im Jura.

Das b. c. b. g. seiner Kommilitonen ist Murat, dem Sohn eines Garagisten aus Epernay, nicht mit auf den Weg gegeben worden. Auf die Notwendigkeit dieser Attribute hat ihn erst das bourgeoise Paris gebracht, dem er eine etwas angestrengte Eleganz entgegensetzt. Da er von eher kleiner Gestalt ist, fehlt ihm jene spezifisch hochbeinige Herablassung des echten NAP-Juniors. So dient auch die feine Adresse Murats mehr als Reputationselement auf der Visitenkarte, als dass sie ihm die Annehmlichkeiten bringt, die sie verheißt. Paulin muss hinter dem Lieferanteneingang an den Mülltonnen vorbei, eine Dienstbotentreppe hinaufsteigen bis zum 7. Stock, eine Pendeltür aufstoßen zu einem langen Flur, an dessen Ende schließlich Murats grafisch preziöse Karte in einem Metallrähmchen steckt.

Murats Freundin serviert Weißwein mit Cassis. Danach macht sie sich unsichtbar, was ihr einen Akt artistischer Unterwerfung abverlangt, da es in dem Studio nur noch Raum in den Lamellenschränken gibt, die Einbauküche inbegriffen. Und während Paulin eine Linie Kokain zieht, knipst Murat seiner Zigarre die Kerbe ein, feuchtet sie an, stößt das Zündholz die Reibfläche abwärts und bemüht sich mit trockenen Lippenlauten um eine haltbare Glut.

Dann setzt der vielbeschäftigte Murat, nun endlich rauchend, den Drucker seines Computers in Gang.

Paulin hat die Einladungen zu seinem Geburtstag dabei, Englische Schreibschrift auf Bristolkarton. Es ist Montag und am Samstag schon das Fest. Murat verspricht, einen Teil der Einladungen vom Palais Bourbon aus zu verschicken. Er möchte sich erkenntlich zeigen für so manches Abendessen, für die Drinks bei *Père Tranquille* und anderswo. Murat hat eine weichere Deutung für den geldsatten Spendierer Paulin als Benoît, Lagrange und Konsorten. Er weiß von sich selbst, wie viel eine Zugehörigkeit an Mühe kosten kann. Murat hat auch schon Briefe entworfen für Paulin, um sich zu revanchieren, ihn juristisch beraten in seinen Agenturbelangen. *Transforstar* soll das Unternehmen heißen, dessen Chef Paulin jetzt nur noch Ausschau hält nach geeigneten Räumen; favorisieren würde er eine Etage in Passy.

Zu diesen Beratungen erscheint Paulin mit einem kleinen, braunen Lederkoffer, einem Beutestück, in dem er seine Papiere hat, die Kopien der von Murat gefeilten Geschäftsbriefe und Werbesendungen, das Dressman-Pressbook und seine Fotos als Eartha Kitt und Diana Ross sowie Schnappschüsse aus der Militärzeit als Friseurlehrling. In den Seitenfächern des Koffers stecken, als handle es sich um den Ausschuss einer Bettlerkollekte, ausländische Münzen, auch ein gestricktes Damenportemonnaie mit amerikanischen Cents. Letzteres gehörte Ludmilla Liberman.

Paulin will fünfzig Personen zum Menü platzieren. Die Einladungen für seine zwanzig wertvollsten Gäste steckt Murat in die offiziellen Kuverts der Nationalversammlung und jagt sie unter dem Postcode des Deputierten Barbier durch die Frankiermaschine. Er ist sich der Wirkung auf die Empfänger bewusst, auch seiner Unkorrektheit. Doch glaubt er, diese Gefälligkeit werde in der Masse der Briefe untergehen, unter den monatlich 100 000 Postsachen des Palais Bourbon verschwinden.

Das Fest ist jetzt ein unabwendbares Ereignis, das nur noch bezahlt sein will. Dafür muss Paulin in eine wirklich rentable Schublade greifen oder in ein pralles, kühles Ledertäschchen, auf das er hinter einem Wäschestapel stößt. So verlässt er am Mittwoch, dem 25. November, zuversichtlich das *Hôtel du Cygne*. Er sieht sich schon im weißen Cut seine Gäste begrüßen. Allmählich stimmen die Voraussetzungen für ein gesteigertes Leben. Sein Hotel hat zwei Sterne, es liegt im Hallenviertel, Rue du Cygne, gleich an der Rue Saint-Denis: in seinem Zimmer ein Messingbett mit hohem Kopfteil wie im Film, Deckenbalken, Stiltisch, Boudoirlämpchen, ein Fernseher auf schwenkbarem Arm. Die Nacht kostet 380 Franc, das macht 12 000 Franc im Monat.

Wie zwei Tage zuvor in der Rue du Faubourg Saint-Denis, wo er über Marie LeLamer das Los verhängte, mischt er sich diesmal in das Gewimmel der Rue du Faubourg Saint-Martin, einer Parallelstraße. Er fühlt sich unverwundbar. Und viele, bei ihren Besorgungen sich erschöpfende alte Frauen sind unterwegs. Sein Interesse an Rachel Cohen, das zuerst mehr sondierend ist, nimmt sofort zu, als sie mit angestrengten, pausierenden Schritten in die Marktpassage Château d'Eau einbiegt. Jetzt, da sie vereinzelt wie auf einem Laufsteg geht, treten ihre Beschwerden noch deutlicher zutage. In der koscheren Metzgerei *Chez Jacques* lässt sie sich gleich auf den einzigen Stuhl fallen, der nur ihretwegen hier zu stehen scheint. Hinter dem Stuhl hängt, die religiöse Kontrolle des Fleisches betreffend, ein Zertifikat des »Großen Rabbinats von Paris«.

Paulin, der sie von draußen beobachtet, gefällt diese Mattigkeit von Rachel Cohen. Noch mehr gefallen ihm aber die Gebärden des Metzgers mit dem halben Mützchen, der die alte Frau für eine Schwerhörige nimmt und zweimal beschwichtigend die Hände senkt, damit sie sich Ruhe antut. Zwei Häuser weiter kauft Rachel Cohen ein halbes Brot. Durch das Schaufenster sieht Paulin, wie sie über einem Ohr die Perücke lüftet, während die Bäckerin auffallend akkurat die Lippen bewegt. Von allen Gebrechen der Rachel Cohen kommt ihm ihre Taubheit am meisten entgegen. In seiner Vorstellung ist sie schon so gut wie tot.

Paulin hat schon wieder Trottoir unter den Füßen, als Madame Capradossi, die Concierge der Nummer 46, Rue du Château d'Eau, im Türbogen erscheint. Es ist erst elf Uhr, die gefragteste Einkaufsstunde. Die alten Frauen tragen ihre Vogelrationen zusammen; über jedem Gemüse ihr wählerisches Zupfen, bei jedem Metzger zeitschindende Erörterungen für hundert Gramm Haschee. Paulin genießt die nachfassenden Blicke auf seine Haare, die wie ein Schneedach seinen dunklen Kopf abschließen. Bis zum Mittag könnte er sich ein weiteres Opfer vornehmen und danach Mathurin besuchen in der Rue Louis-Blanc. Er könnte auch gleich das eine mit dem anderen verbinden und direkt in Richtung seines Freundes gehen, die Mordgelegenheit dem Zufall dieses Weges überlassend.

So nimmt Paulin selbst die Rue d'Alsace in Kauf. An diese nackte Straße neben der Schienenschlucht der Gare de l'Est wird er keine Erwartung geknüpft haben. Vor allem nicht um den Mittag herum, wo sie endgültig ausgestorben scheint. Denn spätestens jetzt streuen die alten Frauen die Nudeln in ihre Bouillon, oder sie sitzen schon weichgestimmt vor ihrem Teller. Vielleicht haben sie ihren Sesselplatz am Fenster auch schon eingenommen und folgen dem Taubenstreit auf den Bahnsteigdächern.

Ihre einschläfernden Besonderheiten im Ohr, das leise Rangieren und das schwache Zügerollen, will Paulin die Rue d'Alsace nur schnell hinter sich bringen. Doch dann kommt ihm, ungeachtet der Essenszeit, Berthe Finaltéri entgegen. Sie ist siebenundachtzig und von einer Zierlichkeit, dass er sie, eine Umarmung vortäuschend, schon auf der Straße hätte zerbrechen können. Wie jedes seiner vorangegangenen Opfer trägt auch sie ein halbes Brot. Paulin gibt sich in die Tauben vertieft, bis sie in der Nummer 23 verschwindet. Dann lässt er seine Routine walten.

In den Lidfalten Mathurins sind noch Reste seiner Augenschminke. Vor dem Bett liegt sein kleiner Rock und auf dem Stuhl wie eine aufgeklappte Hühnerkarkasse seine Korsage. Er braucht jetzt einen Kaffee, und Paulin könnte etwas essen. Sie gehen ins *Tabac Le Balto* Ecke Rue Louis-Blanc / Rue Cail. Da es schon zwei Uhr Nachmittag ist und Mathurin noch das kleine Frühstück möchte, betritt er das Bistro mit kapitulierend erhobenen Händen. Damit schafft er es jedes Mal, die Wirtin zu erweichen, auch wenn sie ihm leicht vorwurfsvoll das Gewünschte bringt. Diesmal rückt sie sogar mit einem Papierbogen an wegen des Beefsteaks für Paulin. Sie mag den frivolen Mathurin und seine ausgefallenen Freunde, allen voran den Tänzer Joséphine. Diese anmutigen Nachtmenschen sind ihr interessant, wobei das ungenaue Wissen über deren Tätigkeit eine Rolle spielen mag.

Paulin hat sich seinen Tag schon verdient. Er hat zweimal Beute gemacht, Rachel Cohen getötet, und nach den Prozeduren, mit denen er Berthe Finaltéri reglos machte, müsste auch sie tot sein. Der Rest des Nachmittags könnte dann folgenden Verlauf genommen haben: Paulin begleitet Mathurin zum Waschsalon in der Rue Perdonnet, die links von der Rue Louis-Blanc abgeht. Auf der Kreuzung treffen sie Madame Barraud, die Apothekerin von der Ecke, bei der Mathurin gewöhnlich Geld für den Waschautomaten wechselt. Sie hilft gerade Geneviève Germont beim Überqueren der Straße. In Anspielung auf die beiden prallen Tüten Mathurins fragt ihn die Apothekerin, ob er auch genügend Münzen habe.

Die Maschine läuft schon eine Weile, da Paulin sich eines Besseren besinnt, als die Zeit abzusitzen im Waschsalon. Seine Augen sind dem rotbraunen Mantel von Geneviève Germont gefolgt. Sie steht inzwischen vor den schräg getürmten Gemüsekisten eines Marokkaners. Paulin verabredet sich mit Mathurin für Freitag, den Vorabend seines Festes. In der Rue d'Alsace erwacht unterdessen Berthe Finaltéri aus der Bewusstlosigkeit. Präziser als die davongekommene Marie LeLamer wird sie anderntags den Täter als einen Mulatten mit dunkler Mütze beschreiben, der linksseitig einen goldenen Ohrring trägt.

Am Freitag gegen Mittag, zu seiner üblichen Zeit, ermordet Paulin in der Rue Cail Nummer 22 die Frau im rotbraunen Mantel, die dreiundsiebzig Jahre alte Geneviève Germont. Sie hatte ihm schon

Mittwoch, am Arm der Apothekerin Barraud, sehr zugesagt. Gegen 15 Uhr findet die Apothekerin, die Geneviève Germont einen Weg abnehmen und Medikamente bringen wollte, sie mit einem Strumpf erdrosselt.

Zum Freitagabend hin trifft Monsieur Deshayes vor dem Waschsalon der Rue Perdonnet auf seinen Hausnachbarn Mathurin. Es ist eine jener unliebsamen Konfrontationen, die ihm sein Hund Pépère zumutet, indem er hochspringt an diesem Subjekt, als zähle es zur Familie, was seinen Herrn zu einem abbittenden Grüßen nötigt. Doch Mathurin, sonst der verschworene Freund des Hundes, den er tätschelnd beschwichtigt, wehrt ihn diesmal ungehalten ab. Sein Gesicht unter der gestrickten, in provokanter Fülle herabhängenden Rastamütze wirkt verstört. Und trotz seiner dunklen Hautfarbe empfindet Monsieur Deshayes ihn als blass.

Drei Säle sind für den Geburtstag gerichtet, im ersten die Bar, im zweiten die eingedeckten Tische, im dritten die Musikanlage. Ursprünglich wollte eine Jazzsängerin und Freundin Paulins ihm zum Geschenk auftreten; es scheiterte aber an der Gage für die Band. Das Fest ist noch nicht gefeiert und kostet schon 30 000 Franc; eine Lage Champagner für das Hochlebenlassen des Gastgebers ist inbegriffen. Für alles, was danach in unwägbaren Mengen fließen wird, müsste das Geld aus dem Raubmord an Geneviève Germont ausreichen. Den weißen Cut hat Paulin beim Schneider gelassen.

Am Eingang des Restaurants *Tourtour* ist Benoît im Smoking postiert. Als Türsteher hat er sich das Menü schon vor Ankunft der Gäste schmecken lassen. Und jetzt wirft er mehr verbündete als prüfende Blicke auf deren Einladungskarten. Er schickt die Gäste die verliesartige Treppe hinunter zu den Gewölben, wo Paulin in schwarzem Abendspencer zu paspelierter Hose sie erwartet. Die Vorfreude auf den Abend schürt ihre guten Wünsche.

Man befindet sich an einem wirklich stimmungsvollen Ort, vierhundert Jahre altes Gemäuer im Widerschein der Kerzen, in benachbarter Tiefe zur Metrostation Châtelet / Les Halles. Und von eigenem Leuchten die auf- und niedergehende Bürste Paulins, der Geschenke entgegennimmt und auf einem Servierwagen stapelt. Zur Begrüßung Kir Royal, zwei Barkeeper schenken ein, drei Kellner machen die Runde mit den Tabletts. Vierzig der fünfzig Geladenen sind Männer, nach Einschätzung des Türstehers Benoît und seines Freundes Murat, des Assistenten bei der Nationalversammlung, sind vier Fünftel dieser Männer einander intim bekannt.

Als Hors d'œuvre gibt es warmes Ziegenfleisch auf Feldsalat, dann Lachs in Schnittlauch, zu beidem Sauvignon, anschließend Schokoladenkuchen,

Kaffee und Champagner. Neben Paulin sitzt Odette, die Pfannkuchenbäckerin, in der Rolle seiner Adoptivmutter. Nach Mitternacht stößt eine Hundertschaft weiterer Gäste zu dem Kreis der Auserwählten, die zweite Garnitur der Freunde Paulins, darunter ärmere Ruhelose vom Männerparcours, auch Treibgut aus der nahen Rue Saint-Denis.

Dieses Kommando aus Hungrigen und Durstigen sorgt jetzt für Schwung. Die Schokoladenkuchen auf den Beistelltischen sind schon verputzt, ehe die Kellner die Teller bringen. Manche greifen gleich aus dem Kübel den Champagner und setzen über den Köpfen der Tischgesellschaft, die ihre Flötengläser sichert, die Flasche an. Paulin führt seine neuen Tatzenpantoffeln vor, gelbe Ungetüme aus Plüsch mit roten Krallen. Unter Beifall tanzt er eine Katzennummer zum Fieber-Song von Eartha Kitt.

Damit soll der förmliche Teil des Festes aber auch zu Ende sein. Vor allem die Nachhut der Gäste macht das kostenlose Trinken übertrieben locker. In den Ecken befingern sich schon frische Paare. Einige liegen weggesackt am Boden. Andere dienen sich den gesetzteren Herren an, um sie beim Engtanz auf hundert zu bringen. Bis plötzlich das Gebrüll Paulins in diese Nahkampfdiele fährt und das Gemenge unterbricht. Auf seinem Gabentisch fehlen Geschenke. Jemand hat ihm seinen Kuchen weggegessen und seinen Champagner weggetrunken. Er macht Benoît, den Türsteher, fertig. Der habe das ganze Gelichter ungehindert durchmarschieren lassen.

Schließlich überkommt ihn der Jammer über sein weites Herz und danach wieder die Wut über das Geld, das ihn die Parasiten kosten werden. Die meisten will er nie zuvor gesehen haben. Also tobt er durch die Gewölbe und scheucht die Orgienbrüder hoch, die sich sofort den Anschein geben, aufzubrechen, indem sie ihre Kleider ordnen. Man kennt seine Anfälle, auch wie sie reichlich begossen werden, wenn sie ausgestanden sind. Paulin zieht sich mit dem schönsten Parasiten in die Toilette zurück, während die Kellner wieder ihre Touren laufen mit den vollen Tabletts.

Am Sonntag geht das Feiern weiter. Nach dem Massenvergnügen der vergangenen Nacht trifft sich eine kleinere Runde im *Minou Tango* am Montmartre, Rue Véron, einer Seitenstraße der Rue Lepic. Die zwanzig Gäste sind noch einmal eine Auswahl jener fünfzig ausgesuchten Gäste des Vorabends. Natürlich ist Odette wieder dabei, auch Murat, der angehende Attaché, Benoît als präsentabler Student der Sciences-po und andere Bekanntschaften dieses Schlages; außerdem Paulins Anwalt mit dem Glasauge, dem er die Kürze der Haft in Fresnes verdankt.

Die Mischung ist ausgewogener als im *Tourtour*, die schwulen Männer sind nicht mehr in der Überzahl. Die Schwaden des Haschisch liegen in guter

Balance mit dem Rauch der Havannas, die Murat aus den Beständen der Nationalversammlung hatte mitgehen lassen. Sie waren sein Geburtstagsgeschenk in original plombierter Kiste mit goldfarbenem Nägelchen, und eine Handvoll konnte er in diesen geruhsameren Abend hinüberretten.

Allen hängt die lange Nacht noch an. Man befindet sich im Zustand einer lasziven Mattigkeit, wo ein Gelächter das nächste jagt. Paulin hat der Wirtin einen chinesischen Handschmeichler über die Theke geschoben, ein versetzt kauerndes Hasenpaar aus Elfenbein, offenbar ein Beutestück. Die Position der Hasen und die Wirkung des ersten Champagners lohnen die ganze Nachfeier schon. Danach gibt der Abend nur noch Rätsel auf.

Dasselbe Menü wie vor vierundzwanzig Stunden wird aufgetragen, wieder warmes Ziegenfleisch auf Feldsalat, wieder Lachs in Schnittlauch und kein Wort der Erläuterung von Paulin, auch später nicht beim Schokoladenkuchen. Er pendelt zwischen den vier Tischen, Willkommenswünsche wiederholend, als habe man sich lange nicht gesehen. Er vermeidet, die verflossene Nacht zu erwähnen. Und schneidet jemand das Thema an, wendet er es ab, als lasse die Nacht sich dadurch ungeschehen machen. Mit der letzten Champagnerlage gegen ein Uhr kommt ihn das Wochenende um die 50 000 Franc zu stehen. Als die geleerten Flaschen kopfüber in den Kübeln stecken, sollen Paulin noch vierzig Stunden in Freiheit bleiben.

Nach der Beschreibung der siebenundachtzig Jahre alten Berthe Finaltéri am 26. November 1987 kann die Pariser Polizei das Phantombild des Mörders um einen linksseitig getragenen Ohrring komplettieren. Da der Gesuchte negroide Züge haben soll und angeblich akzentfrei französisch spricht, konzentriert sich die Fahndung zuletzt auf die ethnische Gruppe der Afrokariben aus Guadeloupe und Martinique. Am 1. Dezember 1987, nach drei Jahren folgenloser Spezialeinsätze, läuft Paulin gegen 16 Uhr in der Rue de Chabrol im zehnten Arrondissement dem Polizisten Francis Jacob in die Arme. Eine Ahnung von seinem außergewöhnlichen Polizistenglück stellt sich für den Streifenbeamten aber erst ein, als Paulin gleich einen Anwalt kontaktieren will.

Gegen 17 Uhr desselben Tages knallen am Quai des Orfèvres schon die Korken. Von den 150 000 an Tatorten abgenommenen Fingerabdrücken der letzten drei Jahre waren achtzehn identisch mit denen des soeben vorgeführten Mannes. Für dieses Ergebnis hat der Computer weniger als fünf Minuten gebraucht. Paulin vergrößert den Jubel noch dadurch, dass er innerhalb der folgenden Stunde sieben Morde gesteht. Er soll seine Gefragtheit sehr genossen und mit der Attitüde eines Könners die Taten geschildert haben. Die Torturen, die sadistischen Handlungen, die über den Tötungsvorgang hinausgingen, lastet er seinem Komplizen an. Mathurin wird am 2. Dezember um sechs Uhr früh im Appartement des Grotesktänzers Joséphine, Rue Vercingétorix im vierzehnten Arrondissement, festgenommen.

Während sich für Paulin die Sehnsucht nach Berühmtheit erfüllt, bittet Mathurin, in der Befürchtung, nie mehr einen Arbeitsplatz zu finden, die Beamten darum, seinen Namen nicht öffentlich zu machen. Ein Gerichtsverfahren gegen Mathurin, der als Untersuchungshäftling im Gefängnis La Santé einsitzt, ist noch nicht anberaumt.

Am 17. April 1989 ist Paulin, der als »Bestie von Paris« in die französische Kriminalgeschichte eingeht, im Alter von fünfundzwanzig Jahren im Krankenhaus der Haftanstalt Fresnes an Aids gestorben.

Der letzte Surrealist

*D*IE Vorstellung lief auf eine Pariser Wohnung hinaus, die, weil sie im sechzehnten Arrondissement liegt, hätte elegant sein müssen. Zumindest hätten bis zum Fußboden reichende französische Fenster entsprechend lange Portieren gehabt und zwischen zwei Fenstern jeweils ein besonderes Möbel. Das Gegenteil war der Fall.

Eine vertikale Buchstabenleiter mit dem Namen *Résidence d'Auteuil* überragt die Fassade des Hauses II, Rue Chanez. Die Eingangstreppe könnte zu einem Kriegerdenkmal hochführen, an dessen Rückfront eine Anstalt für Dusch- und Wannenbäder anschließt. Ein trostloses Passepartout für tausendundeine menschliche Nutzung.

In der Mitte des Foyers, zwischen orangeroten Bänken, sitzt auf einem Stab eine große, helle Kugel, welche durch eine querlaufende Holzmaserung zu rotieren scheint. Ein junger Neger mit bunt ausgekleidetem Einkaufskorb und einem äußerst kleinen Hund an der Leine hält einer Greisin eine Tür auf. Und während der Neger längst auf der Straße verschwunden ist, steuert die Greisin mit dem abschirmenden Lächeln der Gehörlosen immer noch das nächste Sitzpolster an. An ihrer Strickjacke steckt eine graue Ripsbandleiste, an der hochkarätige soldatische Auszeichnungen hängen.

Auf dem Weg zu dem Surrealisten Philippe Soupault, linker Seitenflügel, vierter Stock. Der Fahrstuhl liegt hinter einem langen, in einem sanitären Grün gestrichenen Flur mit knackenden Neonröhren. Spiegel an beiden Seiten, darunter frisiertischhafte Konsolen, nicht breiter als für einen schräg gelegten Taschenkamm.

Aus der Schwingtür am Ende des Flurs tritt ein Alter mit Stock. Und kurz nach ihm, die Tür bewegt sich noch, ein weiterer. Also könnte dieses vieldeutige Haus ein Altersheim sein. Und der Neger mit Korb und Hündchen machte Besorgungen für jemand, der schlecht auf den Beinen ist.

Philippe Soupault ist fünfundachtzig Jahre alt. Das Wort Rüstigkeit auf ihn anzuwenden, wäre atmosphärisch deplatziert. Denn Rüstigkeit enthält auch ein Moment von körperlichem Leistungswillen, jemand stemmt sich kerzengerade gegen die

Jahre, reckt sich gegen den Verdacht der Gebrechlichkeit. Appartement 415, Soupault an einem Tisch sitzend, tief zwischen den Schultern wie bei einem ruhenden Vogel der geneigte Kopf. Das ausgesparte Gesicht des schnellen Fliegers; die schöne lange Nase berührt fast den Mund; die fehlende Ansicht von Zähnen und die auffallende Tatsache, dass man sie nicht vermisst.

Zur Begrüßung steht er kurz auf; wahrnehmbar ist die eingesunkene Größe eines hochgewachsenen Mannes. Er trägt einen grauen zweireihigen Anzug. Bei der Prozedur des nassen Rasierens hat er sich am Kinn eine kleine Wunde zugefügt, die er mit blutstillender Watte zu beruhigen versucht.

Unter der sprechend bewegten Luft flattert ein Rest dieser Watte. Das Interesse an diesem Detail rührt von der Lektüre eines Essays von Heinrich Mann, der 1928, anlässlich der ersten deutschen Ausgabe von Philippe Soupaults Roman *Der Neger* schrieb: »Der Soupaultsche Jüngling versenkt sich in die Betrachtung eines alten Menschen mit solchen Wonnen der Angst und des Hasses, dass er endlich eine Verwandtschaft zwischen sich selbst und dem Opfer der Jahre fühlt.« Dann, Soupault zitierend: »Sogar den so besonderen Geruch, der mit ihnen zieht, wage ich zu lieben ... Ihr Bart (alle tragen Bärte) ist ein Trauergewächs. Jeden Morgen (wie viele Morgen?) bürsten sie ihn und bringen dann zwecklos die

Zeit hin, bis der Tod ihnen Kehle und Herz zuschnürt, sie erstickt und lähmt.«

1919, der Weltkrieg liegt ein Jahr zurück, und Philippe Soupault ist immer noch nicht aus dem Militärdienst entlassen. Als Student des Seerechts bleibt er für das Ministerium für öffentliche Arbeiten rekrutiert, das ihn mit der Leitung der französischen Petroleumflotte betraut. Unter dieser Tätigkeit muss er sich nicht krümmen. Sie treibt ihm auch nicht die Poesie aus dem Kopf. Sein Widerwillen, von der Familie in die Laufbahn eines Juristen genötigt worden zu sein, lässt nach. Neben ihm existieren noch andere Poeten durch einen Brotberuf.

Der Medizinstudent Louis Aragon, der später Sekretär des Malers Henri Matisse werden wird, arbeitet als Sanitäter im zurückeroberten Elsass. Paul Eluard, Sohn eines Immobilienspekulanten, ist begabt für das billige Erwerben von Bildern befreundeter Maler, die er teuer verkauft. Der Gendarmensohn André Breton, ebenfalls Medizin studierend, liest gegen Entgelt Korrektur für den reichen Marcel Proust. Ein Umstand, der ihn, seiner unnachgiebigen Interpunktion wegen, für Proust unsympathisch macht. Nur Philippe Soupault entwickelt kein Talent zur Geldvermehrung. Was er damals auch nicht musste als Neffe von Louis Renault, dem Gründer der Renault-Werke.

Das Herkunftsgefälle ist steil. Auch wenn Jahre dazwischenliegen: Breton hat mit dem Großbürger Proust nur knappe, entlohnte Arbeitskontakte, während Soupault schon 1913 mit sechzehn Jahren die Bekanntschaft Marcel Prousts im *Grand Hôtel* von Cabourg macht. Proust, störanfällig gegenüber geringsten Geräuschen, hat deswegen das jeweils rechts und links neben seiner Suite gelegene Zimmer sowie das direkt über und unter ihm liegende mitgemietet. In der Abendsonne auf der Hotelterrasse sitzend, fragt er jemanden: »Wer ist dieser junge Mann?«, worauf ihm geantwortet wird: »Es ist der Sohn von Cécile.« Cécile, des schönen Philippe schöne, verwitwete Mutter, kannte Proust von den Bällen der Pariser Gesellschaft. Wieder in Paris, lässt Proust dem jungen Soupault sein Buch *Du côté de chez Swann* zukommen. Als Soupault ihn besucht, um sich zu bedanken, empfindet er Proust schon auf den Tod asthmatisch.

Den sozialen Unterschieden nimmt das Erlebnis des Weltkrieges ihre Wichtigkeit. Jetzt ist diese »Kloake aus Blut, Torheit und Dreck« (Breton) das gemeinsame Hinterland der poesiegierigen Sanitäter und Hilfsärzte Aragon und Breton und des Kürassiers Soupault.

Die Snobs von Paris reden von dem Diaghilew-Ballett *Parade*; Musik: Eric Satie; Bühnenbild und Kostüme: Pablo Picasso; und das bisschen Libretto:

Jean Cocteau, der dem Amüsierpöbel »seine drei Zeilen Text« (Satie) für das Gelingen des Ganzen ausgibt. Auch für Philippe Soupault wird (und bleibt) Cocteau eine negative Figur, ein windschlüpfiger Typ, frontuntauglich beim Roten Kreuz in Sicherheit und immer im Gefolge derer, die Ideen haben.

Im vorletzten Kriegsjahr liegt der dünne und hochaufgeschossene Soupault mit Lungentuberkulose in einem Pariser Lazarett. Im Zustand des fantasietreibenden Fiebers liest er *Die Gesänge des Maldoror* von Isidore Ducasse, der sich Comte de Lautréamont nannte. Soupault, bis dahin von einer eher wilden, unordentlichen Belesenheit, rastet bei einer Textstelle ein, wo etwas schön ist »wie die unvermutete Begegnung einer Nähmaschine und eines Regenschirms auf einem Seziertisch«. Über Lautréamonts appellierendem Satz – »Die Dichtung soll von allen gemacht werden. Nicht von einem« – überkommt ihn die anfallartige Gewissheit, Teilnehmer dieser Dichtung zu werden.

Im Lazarett trifft der Rekonvaleszent Philippe Soupault auf eine Wohltäterin aus der Pariser Oberschicht. Sie besucht die Verwundeten, um ihnen Zigaretten zu offerieren, befasst sich mit deren kulturellen Aktivitäten und präsidiert einer Organisation mit dem Namen »Das Werk des Soldaten im Schützengraben«. Den dichtenden Soupault möchte sie für eine *Poetische Matinée* gewinnen.

Zu diesem Zeitpunkt hatte Soupault in »kindlicher Unbefangenheit« dem Poeten Guillaume Apollinaire schon sein Gedicht »Départ« (Abfahrt) zugesandt, der es der Literaturzeitschrift *SIC* zur Veröffentlichung empfahl. Soupault findet jetzt zwei Gründe, den berühmten Apollinaire aufzusuchen. Einmal möchte er ihm danken, dass er seinem Gedicht gewogen war; einmal möchte er dessen Erlaubnis, zur erwähnten Matinée etwas von ihm lesen zu dürfen.

Apollinaire empfängt ihn in seiner Wohnung, die er seinen »Taubenschlag« nennt, 202, Boulevard Saint-Germain. Soupault erinnert sich an einen dicken, lächelnden Mann mit einer in die Stirn reichenden, eng sitzenden Lederkappe, welche die Narbe seines erst Monate vorher trepanierten Schädels verdeckt.

Soupault sieht ihn sich hinsetzen und ein Gedicht schreiben, »Schatten«, auf das jedoch nicht mehr die Rede kommt. Apollinaire zeigt ihm dann das Gedicht »D'or vert« (Von grünem Gold) eines gewissen André Breton und fordert Soupault auf, ihm seinerseits etwas Eigenes vorzulesen. Der Vorgang trägt Züge einer Aufnahmeprüfung: die Verse des literarisch Namenlosen und das aufmerksame Hinhören des gefeierten Mannes. Beim Abschied zieht der ermunterte Prüfling, auf eine Widmung hoffend, Apollinaires Gedichtband *Alcools* aus der Jacke. Die beiden Zeilen

»Dem Poeten Philippe Soupault, sehr zugetan ...« haben die Wirkung eines unlöschbaren Machtwortes: Dichter zu sein.

An Dienstagen gegen sechs Uhr abends versammelt Apollinaire im gleich neben seinem »Taubenschlag« gelegenen Café *Flore* Literaten und Maler. Soupault, jetzt auch dazugebeten, erinnert sich an einen ziemlich weihevollen Apollinaire zwischen einem schwätzenden Max Jacob, einem grinsenden Blaise Cendrars, einem entrückten Pierre Benoît, einem spöttischen Francis Carco, einem schweigenden Pierre Reverdy und einem distanzierten Raoul Dufy. Eine einschüchternde Runde, für Soupault jedoch enttäuschend. Bis auf den einen Dienstag, an dem in himmelblauer Soldatenuniform André Breton dazwischensitzt, den Apollinaire ihm mit dem prophetischen Zusatz »Sie beide müssen Freunde werden!« vorstellt.

Obwohl es 1917 noch keine surrealistische Bewegung gibt, existiert das Wort Surrealismus schon. Apollinaire hat sein Theaterstück *Die Brüste des Teiresias* mit dem Untertitel »Ein surrealistisches Drama« versehen. In der Zeitschrift *L'Intransigeant* (Der Unbeugsame) kämpft er gegen die schnelle Vereinnahmung des Begriffs durch die Feuilletonisten, gegen dessen Benutzung als handzahmes Adjektiv für symbolische Beliebigkeiten. Er schreibt u. a.: »Als der Mensch das Gehen nachahmen wollte, schuf er das

Rad, welches keine Ähnlichkeit mit einem Bein hat. Also machte der Mensch Surrealismus, ohne es zu wissen ...«

Soupault und Breton werden Freunde, während beider Verehrung für Apollinaire sich eintrübt. Sie finden ihn unangemessen nationalistisch (cocardier), versuchen sich jedoch in Entschuldigungen für den Leutnant de Kostrowitski, was dessen Geburtsname ist. Als dieser schließlich in dem kriegschürenden Blatt *Das Bajonett* schreibt, überlebt er für Soupault und Breton nur noch als Dichter.

Am 9. November 1918 liegt Guillaume Apollinaire, achtunddreißig Jahre alt, im Sterben. Menschenauflauf unter seiner Wohnung; 202, Boulevard Saint-Germain: Dichter und deren parasitäres Gefolge; mittendrin Jean Cocteau, dessen Anblick bei Soupault das Wort »Aasfresser« auslöst. Zwei Tage vor dem Waffenstillstand am 11. November 1918 der anschwellende Ruf von der Straße »À bas Guillaume!«, der dem Kaiser Deutschlands gilt. Auf dem Trottoir wird die Vermutung gehandelt, Apollinaire habe das Niederschreien vor seinem am selben Tag eintretenden Tod auf sich bezogen.

Der Dichter Philippe Soupault, Angestellter des Ministeriums für öffentliche Arbeiten, wohnt auf der Île Saint-Louis, 41, Quai de Bourbon, Zwischenstock, unterhalb der Beletage. Er ist volljährig und hat Geld seines 1904 verstorbenen Vaters geerbt. Nicht so viel, dass man ihn den »reichen Amateuren« hätte zuzählen können, wie die pekuniär sorgenfreien Literaten Gide und Proust abschätzig tituliert werden. Aber genug, um vom Schreibtisch aus die Seine zu sehen und den Pont Louis-Philippe, die von Selbstmördern bevorzugte Pariser Brücke. Soupault leistet es sich, an jedem Tag der Woche einen anderen Anzug zu tragen.

Sein Freund André Breton wohnt im *Hôtel des Grands Hommes*, 17, Place du Panthéon. Neben dem Hotel befindet sich ein Beerdigungsinstitut, das, der Nähe des Panthéon angemessen, auf Bestattungen der obersten Kategorie spezialisiert ist. Bretons Fenster bietet einen guten Blick auf die großen Zeremonien und die staatstragenden Trauergemeinden. An solchen Tagen hängt auch Soupault mit im Fenster.

Breton ist ein Jahr älter als Soupault, damals zweiundzwanzig Jahre alt. Als seine Eltern aus Tinchebray, seinem Geburtsort im Departement Orne, in Paris anreisen, zweifeln sie an der Ernsthaftigkeit seiner Medizinstudien und stellen ihre Zuwendungen ein.

Für Breton eine Maßnahme von wenig Belang. Denn André Breton und Louis Aragon, der ebenfalls nicht mehr Arzt werden will, haben einen Mäzen gefunden: Jacques Doucet, führender Couturier der zurückliegenden Belle Époque (Schneider von Soupaults Mutter Cécile), jetzt Sammler von Kunst und

Autografen. Doucet zahlt für Sachverstand. Und Breton und Aragon bringen ihn in den Besitz von Raritäten. Doucet kauft das Meisterwerk *Die Schlangenbändigerin* des Zöllners Rousseau, welches heute im Louvre hängt. Er erwirbt von insgesamt fünf existierenden Briefen Lautréamonts drei Briefe an dessen Bankier Durasse.

Es ist immer noch das Jahr 1919. Die Zutaten zur Entstehung des Surrealismus sind alle schon vorhanden, nur noch nicht beieinander. Es gibt Inspiratoren und Ausführende. Es gibt hauptsächliche und gleich nachhaltige Leseerlebnisse der zukünftigen Surrealisten: *Die Gesänge des Maldoror* des Comte de Lautréamont, der 1870, kurz nach deren Vollendung, mit vierundzwanzig Jahren gestorben ist (André Gide nannte ihn den »Schleusenmeister der Literatur von morgen«); *Eine Saison in der Hölle* von dem neunzehnjährigen Arthur Rimbaud, der danach – er stirbt 1891 mit siebenunddreißig Jahren – aufhörte zu dichten.

Inspirator außerhalb der schönen Literatur ist der Psychiater Pierre Janet, der 1889 eine Doktorarbeit mit dem Titel *Der psychologische Automatismus* veröffentlicht. Darin entwickelt er eine Therapie, bei der der Kranke im Halbschlaf, in Trance oder Hypnose durch »automatisches Schreiben« seine Seele entlastet.

André Breton, 1916 Sanitäter in einem neuropsychiatrischen Zentrum in Saint-Dizier, lernt den medizinischen Umgang mit geistig-seelischen Störungen kennen. Er interessiert sich für die Sphäre des Unbewussten und liest über Freud, der noch nicht ins Französische übersetzt ist. Pierre Janets *Psychologischen Automatismus* bringt er aus dem psychiatrischen Milieu ins literarische Milieu der Freunde ein.

Es gibt keine genau einzugrenzende Quelle, aus der der Surrealismus einen dünnen Anfang genommen hätte und dann, sich verbreiternd, künstlerische Avantgarde wurde. Genau nachvollziehbar ist jedoch das Zustandekommen des ersten surrealistischen Textes 1919, der den Titel *Die magnetischen Felder* bekam. André Breton und Philippe Soupault im Zickzack von Anbetung und Gelangweiltheit um ihre poetischen Götter lebend, verfangen sich in den Ausführungen des Doktor Janet über das *automatische Schreiben*. In Soupaults Kopf summt die Aufforderung des Comte de Lautréamont, dass alle Dichtung machen müssen – und nicht nur einer. Breton und Soupault setzen sich daran, schreibend »Papier zu schwärzen, mit der löblichen Verachtung für das literarische Resultat« (Breton).

Philippe Soupault trinkt dünnen Whisky mit Eiswürfeln und raucht ziemlich viel. Meistens hat er das Glas schon geleert, bevor das Eis geschmolzen ist, und klingelt dann mit den Würfeln. Er hat ein leises bronchitisches Rauschen in der Stimme, dürfte natürlich nicht rauchen. Ein alter Kampf, dem er durch umständliches Verstauen und Hervorsuchen der Zigarettenpackung in und aus der Jackettasche etwas von seiner Härte nehmen will.

Das Appartement 415 ist die Wohnung seiner Frau Ré Soupault, einer im pommerschen Kolberg gebürtigen Bauhausschülerin, Übersetzerin der *Magnetischen Felder* und der *Gesänge des Maldoror* von Lautréamont. Soupaults Appartement, Nr. 367, liegt auf demselben Flur. Eine Lebensform auf Distanz bei größter Nähe. Unsere Treffen sind jedoch immer in 415, schon des großen Tisches und der weiblich organisierten Wohnlichkeit wegen. Auch deshalb, weil Soupault sich verabschieden können möchte, um auszuruhen.

Es herrscht eine strenge Ordnung wie in einer Schiffskajüte. Im Wohnteil hängen sich zwei ungerahmte Bilder des Bauhausmalers Johannes Itten gegenüber, jeweils Farbquadrate. Kein Winkel entspricht der Vorstellung von surrealistischem Milieu.

Er habe, sagt Philippe Soupault, das *automatische Schreiben* betreffend, mit fast geschlossenen Augen begonnen: »Gefangene der Wassertropfen, wir sind nur ewige Tiere. Wir laufen durch die lautlosen Städte und die Zauberplakate berühren uns nicht mehr ... Unser Mund ist trockener als die verlorenen Strände ... Da sind nur noch die Cafés, wo wir uns treffen, um kühle Getränke ... zu trinken, und die Tische sind schmieriger als die Bürgersteige.«

Die ersten Sätze Bretons: »Die Geschichte kehrt mit Stichen in das silberne Handbuch zurück, und die brillantesten Schauspieler bereiten ihren Auftritt vor. Es sind Pflanzen von größter Schönheit, eher männliche als weibliche und oft beides ...«

Es ist das Diktat ungeprüfter Einfälle, das simultane Mitschreiben des Denkstromes.

Soupault spricht von einer Frist von vierzehn Tagen, die sie sich für dieses Experiment setzten, während es nach Breton nur eine Woche war. »Zuerst schrieb jeder für sich, ich am Quai de Bourbon, Breton im *Hôtel des Grands Hommes*, dazwischen saßen wir uns gegenüber und schließlich wieder jeder für sich.«

Soupault benutzte die Briefbögen des Ministeriums, über die er mit dem Füllfederhalter raste. »Ich schrieb wie immer, während Breton fast kalligrafisch schön geschrieben hat.« Weswegen Soupault an manchen Tagen mehr zuwege bringt.

»Am Ende des ersten Tages konnten wir uns um die fünfzig so gewonnene Seiten vorlesen und unsere Ergebnisse vergleichen«, schreibt Breton 1924 im *Ersten Manifest des Surrealismus*. Soupault erinnert sich dagegen nur an einige Seiten, dass während der zwei Wochen ihre Geschwindigkeit jedoch enorm zugenommen habe, fast bis zur völligen Abwesenheit gedanklicher Kontrolle. Ein rauschhafter Zustand, in dem sie sich gegen Ende der Unternehmung bis zu zehn Stunden hintereinander halten konnten.

Dabei zerfiel der Wortschatz nicht, im Gegenteil, die Bilder wurden ungewöhnlicher und schöner, »dass für den Groschen ›Sinn‹ kein Spalt mehr übrigblieb« (Walter Benjamin). Und es ist Soupault und nicht Breton, der zugibt, dass sie den Kopf voll von Lautréamont und Rimbaud hatten, dass es auch an diesen Paten lag, wenn das Unbewusste solche rentablen Sentenzen freigab.

Bevor der Ruhm dieser Texte einsetzt, treibt Breton schon Vorsorge für seinen Nachruhm. Er möchte manchmal Brüche in den Tiraden wegfrisieren, was Soupault aber nicht zulässt. Er möchte sich eigener Passagen vergewissern, was die nahtlose Gemeinsamkeit, die doppelköpfige Einzelleistung des Experiments aufweicht.

Eine Doktorarbeit über *Die magnetischen Felder*, vor zehn Jahren an der Pariser Sorbonne geschrieben, führt als auffällige Unterscheidung der beiden Autoren an, dass Philippe Soupault in der Mehrzahl »wir« schrieb und André Breton in der Ichform, also von sich. Breton hat einen merkantilen Sinn für den historischen Moment. Er will in der Ichform Stifter der surrealistischen Bewegung sein. Er ist charakterlich überfordert, diesen Moment mit Soupault zu teilen. Um der eigenen Kreativität nichts wegzunehmen, vermeidet er es, den Psychiater Pierre Janet als unmittelbaren Auslöser des *automatischen Schreibens* zu nennen.

Zehn Jahre später, 1929, diskutieren in einer Sitzung der Pariser Medizinisch-Psychologischen Gesellschaft Anstaltsärzte, unter ihnen Janet, über die »bewusste Zusammenhanglosigkeit«, den billigen »Prozedismus« und diese »Art stolzer Faulheit« in der surrealistischen Kunst.

Dr. de Clérambault: »Der Prozedismus besteht darin, sich die Mühe des Denkens und besonders der Beobachtung zu ersparen und sich auf eine vorbestimmte Machart oder Formel zu beschränken... auf diese Weise produziert man rasch Werke eines bestimmten Stils und unter Vermeidung jeglicher Kritik, die eher möglich wäre, wenn eine Ähnlichkeit mit dem Leben bestünde.«

Professor Janet: Die Surrealisten »greifen zum Beispiel willkürlich fünf Wörter aus dem Hut und bilden mit diesen fünf Wörtern Assoziationsketten. In der Einführung in den Surrealismus wird eine ganze Geschichte aus zwei Wörtern erklärt: ›Truthahn und Zylinder‹.«

Philippe Soupault ist der letzte Surrealist, der rare Zeuge. Die Bescheidenheit, in der er lebt, hat mit der Unfähigkeit zu tun, seine Existenz als eine besondere zu nehmen. Sie hat auch mit Souveränität zu tun, dem sorglosen, beiläufigen Umgang mit seiner Prominenz. Seine Herkunft ersparte ihm die soziale Beweisnot. Er verbrachte seine Kindheit auf den Renault'schen Schlössern und Landsitzen um Paris. Und bei aller Revolte gegen das Milieu der Großbourgeoisie wappnet ihn dieses Milieu gegen das rumorende Gefühl, etwas gelten zu müssen. Er war kein wachsamer Verwerter seiner Kontakte. Ihm fehlte der kaufmännische Reflex, Briefe, signierte Zettel und Skizzen auf ihren eventuell zunehmenden Wert hin aufzuheben. Beispielsweise erhielt er einen Brief von Marcel Proust, in dem dieser sich über die rabiaten Korrekturen André Bretons beschwert und Soupault bittet, den Freund das wissen zu lassen.

Proust hat sein Manuskript *Auf der Suche nach der verlorenen Zeit* mit einem Dickicht von Änderungen versehen, nicht gerechnet die vielen, seitlich herausflatternden, geklebten Einschübe. Für Breton eine Fron. Doch es ist Soupaults Mangel an Kalkül, diesen Brief Breton auszuhändigen, der die ihn betreffende Rüge als eine steigende Aktie hütet. Den besagten Brief kaufte später die Nationalbibliothek in Paris einem Brüsseler Vertreter des Parfümherstellers Houbigant ab.

Im März 1919 erscheint die erste Ausgabe von *Littérature*, der Zeitschrift der späteren Surrealisten. Verantwortlich zeichnen (der abwesende, im Elsass als Sanitäter gebundene) Louis Aragon, André Breton und Philippe Soupault. Den Drucker zahlt Soupault aus seiner Erbschaft.

André Gide, um einen Beitrag gebeten, sagte zuerst zu, nahm seine Zusage bedauernd zurück, um dann mit einem Essay – *Die neuen Nahrungen* – schließlich doch vor Soupaults Türe zu stehen. Souffleur für Gides zwischenzeitlichen Sinneswandel war die »Kröte« Cocteau, der sich, selber als Autor nicht aufgefordert, übergangen fühlte und die Blattmacher als Anarchisten in Misskredit bringen wollte. Cocteau, sagt Soupault, lebte davon, Zwietracht zu säen. Schon Apollinaire habe ihn einen Hochstapler und Betrüger genannt.

Gegen Ende des Jahres 1919 veröffentlichen Breton und Soupault Teile der *Magnetischen Felder* in *Littérature*. Es sind 596 nummerierte Exemplare, und die Bibliophilen stürzen sich darauf. 1920 erscheinen die Texte als Buch. Und Philippe Soupault nimmt sich heraus, ein Exemplar dieses Buches Marcel Proust zu übergeben.

Proust hielt sich öfter auf der Île Saint-Louis auf, an deren Spitze seine besten Freunde, die Bibescos, wohnen, aus Rumänien stammende Aristokraten mit viel Landbesitz. (Das Bibesco-Palais gehört heute den Rothschilds.) Ein paar Häuser davor wohnte Soupault. Und Proust ließ manchmal Soupault durch seinen Chauffeur zu sich hinunter ins Auto bitten. Dann saßen sie im Fond und redeten. »Vielmehr redete nur er«, sagt Soupault, »er redete und redete ohne Unterbrechung und ich dazwischen nur ›ja, ja‹.« Es war nicht feudales Gebaren, dass Proust im Auto sitzen blieb, sondern sein Asthma hinderte ihn, Treppen zu steigen. Bei den Bibescos gab es einen Fahrstuhl, der von den Chauffeuren über eine Winde gezogen werden musste.

Proust schreibt, die *Magnetischen Felder* betreffend, Soupault einen langen Brief. Und Soupault versichert, diesen Brief nie aus den Händen gegeben zu haben.

Anfang der sechziger Jahre, über vierzig Jahre danach, sitzt seine Frau Ré Soupault über den ersten beiden Jahrgängen von *Littérature* in der Nationalbibliothek. Beim Blättern findet sie, wie ein Lesezeichen locker zwischen den Seiten steckend, Prousts genannten Brief. Sie sagt: »Rein technisch hätte ich ihn stehlen können, doch ich saß in der *Réserve*, einer besonders überwachten Abteilung, die zu betreten es einer speziellen Erlaubnis bedarf.« Nach insistierendem Befragen der Leiterin, wie dieser Privatbrief an Soupault, ihren Mann, hierhergeraten sei, erfährt sie, dass Paul Eluard der Verkäufer war. »Philippe«, sagt Ré Soupault, »ließ alles herumliegen.« Und hat Eluard den Brief gestohlen? »Nein«, sagt Soupault, »nur genommen.« Er selber sei nie Sammler gewesen. Außer 250 Krawatten besitze er nichts.

Seine Umgebung hatte kränkende Gewohnheiten angenommen. Es herrschen hochentwickelte, literarische Verhältnisse. Die Widmungs-Schieber und Schreibtisch-Filzer kommen zu Besuch. In den

Ateliers sitzt der auf Beute hoffende Kumpan. Der allgemeine Hang zum Sammeln und Versilbern ist groß. Die angenehme Verschwisterung von Geld und Kunst, eine auf den jungen Soupault zutreffende Lebenssituation, ist früh beendet. Er ist Erbe, eine Eigenschaft, die immer begleitet wird von der unterschwelligen Nötigung, zahlen zu müssen.

Soupault kauft aus dem Nachlass von Rimbauds Schwester Isabelle für 500 Goldfranc ein verloren geglaubtes Gedicht ihres Bruders – »Die Hände von Jeanne-Marie«. Da er den horrenden Preis ohne zu handeln zahlt, schenkt ihm Isabelles Witwer, Paterne Berrichon, ein Foto des vierzehnjährigen Arthur Rimbaud, eine allererste Rarität.

Gedicht und Foto erscheinen in *Littérature*. Auf der Titelseite dieser besonderen Ausgabe: Arthur Rimbaud, dargestellt in einer zeitgenössischen Zeichnung aus den Tagen der Pariser Kommune. Auch die Zeichnung gehörte Soupault. Foto und Zeichnung gelangen nie wieder an ihn zurück.

Philippe Soupault ist ein unpathetischer Mann. In seiner geläufigen Bosheit stellt sich kein Jammer über die händlerischen Usancen der Freunde ein. Das sind Zwischenfälle, charakterlich nicht gerade erste Wahl, ein Schlaumeiertum, welches ihn in einer desillusionierten Überlegenheit zurücklässt.

1980 werden in dem großen Pariser Auktionshaus »Drouot« Manuskriptteile der *Magnetischen Fel-*

der für 140 000 Franc versteigert. Es sind keine Originale, sondern in André Bretons schöner Handschrift geschriebene Kopien. Bei aller Autoren-Einheit der *automatischen Texte* erkennt Soupault, schon durch die Kapitelüberschriften, Partien, die im wechselseitigen Dialog entstanden waren. Möglich sei, sagt Soupault, dass Breton durch seine Schönschrift ursprünglich die Arbeit des Druckers erleichtern wollte.

Saint-Germain und das Café *Flore* sind nach dem Tod Apollinaires kein Treffpunkt mehr. Aragon, Breton und Soupault, »Die drei Musketiere« genannt, verkehren am Montparnasse in den Cafés *Le Dome* und *La Rotonde*.

»Und plötzlich«, sagt Soupault, »ging alles zum Montmartre, und zwar Bretons wegen, der an der Place Blanche wohnte.« Die Anzeichen für Bretons Machtansprüche werden immer deutlicher. Seine Ironie richtet sich keinen Moment gegen sich selbst. Täglich gegen Mittag Zusammenkunft im Café *Cyrano*. Breton lässt bitten, Nichterscheinen macht ihn ungehalten. Er führt das Kommando über die Aperitifs, die jeweils zu trinken sind. Einen Tag Piconcitron, am nächsten Pastis oder Ricard, Mandarin, Martini, Porto, Sherry, Royal Flip oder Imperial Flip.

»Aragon und ich«, sagt Soupault, »bestellten gegen das Reglement. Ich nur ein Vittel-Wasser, schon weil ich am Vorabend meistens viel Whisky getrunken hatte und durstig war. Machte also mit dem Sprudel meinen Skandal.«

Abends Fortsetzung in der portugiesischen Bar *Certa*, Passages de l'Opéra, 1922, beim Sanierungskahlschlag für die Vollendung des Boulevard Haussmann, niedergerissen. In *Pariser Landleben* beschreibt Louis Aragon diese Passage als einen »großen Glassarg ...«

»... und da dieselbe vergötterte Blässe seit den Zeiten, als man sie in den römischen Vorstädten anbetete, immer noch das Doppelspiel von Liebe und Tod beherrscht, die *Libido*, die heute die medizinischen Werke zu ihrem Tempel gewählt hat und die jetzt, gefolgt von dem Hündchen Sigmund Freud, lustwandelt, sieht man in den Galerien mit ihrer wechselnden Beleuchtung, von der Helle des Grabes übergehend zum wollüstigen Dunkel, köstliche Mädchen, die mit aufreizenden Bewegungen der Hüften und mit einem Lächeln der spitz aufgeworfenen Lippen dem einen wie dem anderen Kult dienen. Auftritt, die Damen, auf die Bühne, und ziehen Sie sich ein wenig aus ...«

Friseure, Bordelle, Läden für Bruchbänder und Druckkissen, Scherzartikel-Boutiquen, »Farces et Attrappes«: Spiegeleier aus Gummi und Klosettschüsseln als Senfbehälter, »eine mysteriöse Fauna«, sagt Soupault.

Auch im *Certa* präsidiert Breton. Soupault: »Wir, die Direktoren von *Littérature* und manchmal der peinlich berührte Eluard dazwischen, empfingen ›Freunde‹ und Neugierige.« Häufig erschienen sei Drieu la Rochelle, selten Marcel Duchamp, einmal Henry de Montherlant. Meistens anwesend, trotz zunehmender Lustlosigkeit, die »Dadas« Francis Picabia und Tristan Tzara.

Breton veranstaltet das Benotungsspiel. Einmal sind Noten von minus zwanzig bis plus zwanzig für Schriftsteller, Philosophen, Wissenschaftler und Politiker zu vergeben. Den nächsten Abend für Gefühle, Abstraktionen und Attitüden. Die Person Bretons darf nicht zensiert werden. Und obwohl Tzara renitent für alles und jeden minus zwanzig gibt, zieht Breton Abend für Abend den Mittelwert aus diesem Zensurenpalaver. »Das war sehr ermüdend«, sagt Soupault.

Aragon in *Pariser Landleben* über die Telefonistin des *Certa*: »... eine liebenswürdige und hübsche Dame mit einer so sanften Stimme, dass ich, ich gestehe es, früher oft Louvre 5449 anrief, allein der Freude wegen, sie sagen zu hören: ›Nein, Monsieur, es hat niemand nach Ihnen gefragt‹ oder auch ›Es ist keiner von den Dadas hier.‹«

Breton mag Francis Picabia, Soupault verabscheut ihn: Er ist für ihn eine reine Reklameexistenz, ständig als Sandwichman seiner selbst auf Tour. »Jeder sollte immer von ihm reden. Er fürchtete, mit Picasso verwechselt zu werden wegen der gleich

beginnenden Namen und weil sie Spanier waren.«
Picabia war väterlicherseits Kubaner. Seine schmalen Erfolge als Maler habe Picabia durch eine *Revue Scandaleuse*, durch ein Klatschblatt kompensiert. Darin standen Tiraden gegen Picasso und Braque, gegen den Kubismus allgemein, dem er selber kleinbegabt mal angehangen habe. »Über mich«, sagt Soupault, »schrieb er: ›Soupault hat sich in Genf das Leben genommen.‹ Er gab seinen Wunsch für die Wirklichkeit aus. Über André Gide: ›Wenn Sie Gide lesen, werden Sie schlecht aus dem Mund riechen.‹«

Wimmelnde Feindseligkeiten; das Platzhirschgebaren Bretons, bedrohlich wie ein unter Dampf stehender Kessel, dem die Flöte abspringen könnte; täglich eine andere Leberwurst beleidigt und spritzend ihr Fett wieder weitergebend.

Soupault setzt die Unwägbarkeiten des *automatischen Schreibens* in »gelebten Gedichten« fort. Er irrt sich in der Etage eines Bürgerhauses, gerät auf ein Fest, zu dem er nicht geladen ist, und bleibt. Zusammen mit Jacques Rigaud verbessert er die Technik solcher Auftritte mit Blumen und Konfekt. Als falsche Gäste entdeckt, verlangen sie Blumen und Konfekt zurück. Soupault macht sich im heißen August ein Zeitungsfeuer und reibt sich wärmend daran die Hände. Er bittet an sonnigen Tagen Frauen unter den Regenschirm. Er fragt am hellen Tag einen Herrn um Feuer für eine Kerze. Diese poetischen Aktionen enden häufig mit der Androhung, die Polizei oder einen Irrenwärter zu rufen.

Es sind noch drei Jahre bis zur Gründung der surrealistischen Bewegung (1924), und ihre Stifter sind sich schon nicht mehr grün. Soupault verzeiht Breton dessen Sympathie für Picabia nicht, ein haarfeiner Riss in der Freundschaft.

Soupault widerstreben die kultischen Zusammenkünfte, die auf den Tag montierten Skandale. Er sieht sich in eine Rolle gedrängt, in der er Mühe hat, sich wiederzuerkennen: Mit Breton können, heißt, sein Nickvogel sein. 1922 übernimmt André Breton allein die Leitung von *Littérature*, Krach zwischen Breton und Tzara, Ende von Dada.

André Breton schreibt fast berufsmäßig Vorworte für Ausstellungskataloge. Die Maler danken mit Bildern. Und Bilder erreichen schneller eine breite kaufmännische Wertschätzung als Gedichte.

Breton, behauptete der surrealistische Dichter Robert Desnos (1945 in Theresienstadt umgekommen), habe nur solche Maler besprochen, von denen er selbst Bilder besaß: Chirico und Max Ernst, Miró, Dalí, Magritte und Tanguy. Dabei bleiben die Bilder nicht bewahrte Unterpfänder von Freunden, sondern sie gelangen bald in den gewinnbringenden Umlauf des Handels. Über das Etikett »surrealistisch« für Malerei entzündet sich zwischen Ré und Philippe Soupault ein Disput.

Ré Soupault: »Absoluter Surrealismus, also Automatismus, ist in der Malerei unmöglich!«

Soupault: »Nein, Max Ernst war authentisch surrealistisch, inspiriert aus dem Moment, Tanguy auch.«

Ré Soupault: »Nein! Ein Bild kann man träumen, aber für die Ausarbeitung mussten die ihre Handfertigkeit haben, da hörte das Träumen auf. Diese Bilder sind ja sehr gearbeitet.« Deshalb habe sich der Literat Pierre Naville von Breton getrennt, weil er keine sogenannte surrealistische Malerei akzeptierte.

Das Gespräch kommt auf Salvador Dalí, dessen Name Soupaults Kreislauf zu beschleunigen scheint: »Großer Zeichner, kein Maler, der totale Esprit des Nutznießers.«

Bei der Pariser Aufführung des Films *Ein andalusischer Hund*, 1929, begegnet Soupault zum ersten Mal Dalí. »Dieser Film«, sagt Soupault, »war für uns Surrealisten im besten Sinne skandalös.« Verantwortlich zeichneten Luis Buñuel und Salvador Dalí. Und Buñuel, der Dalí als sich spreizenden Verursacher des Aufruhrs erlebte, äußerte Soupault gegenüber, dass Dalí nur minimal an dem Film beteiligt gewesen sei.

Soupault: »Dalí, der ja als Kopist begonnen hatte, nahm sich vor, Bilder wie Max Ernst, Andre Masson, Yves Tanguy zu machen. Er verlegte sich auf einen gut bezahlten Exhibitionismus.«

Und es ist vor allem Dalí, der dem Surrealismus die Laufkundschaft bringt. Ein virtuoser Dämon für Coiffeure; und von unverhohlener Käuflichkeit. Für einen Händedruck nimmt er einen Dollar. Auch wenn es unter dem Vorzeichen der Originalität geschieht: Die Kollekte klingelt im eigenen Opferstock.

Für Dalís schallende Aktivitäten verlässt Gala (geborene Jelena Diaronawa) ihren Mann, den Dichter Paul Eluard. Claire Goll über Gala in ihren Memoiren *Ich verzeihe keinem*: »Statt des Tambours oder der großen Pauke, die sie gebraucht hätte, hielt sie nur eine biegsame Liane (Eluard) in der Hand.«

»Und Gala«, sagt Soupault, »trieb Dalí vollends auf den Marktplatz. Sie wurde seine Geldschublade.« Dalí machte Reklame für Schokolade, Bartkosmetik und Zahnpasta.

1927 besteht die surrealistische Bewegung seit drei Jahren, und Breton gebärdet sich mit seinem Titel »Surrealistenpapst« wie ein wirklicher Papst. Er exkommuniziert die Gefährten Antonin Artaud, Robert Desnos, Roger Vitrac und Philippe Soupault. Kurz darauf Ausschluss von Aragon, dann von Eluard. Übrig bleiben Breton und Benjamin Péret, der ihm, nach Soupault, wie ein Hündchen anhing. »Breton«, sagt Soupault, »brauchte Freunde und wollte gleichzeitig der einzige sein.« Er habe außerdem eine politische Rolle spielen wollen und sympathisierte mit der kommunistischen Partei. »Doch die Kommunisten«, sagt Soupault, »misstrauten den Surrealisten, sahen in ihnen Kleinbürger.«

Den entflammten Novizen Breton bedachte die Partei, wie zur Abgewöhnung für dessen eigenes Größegefühl, mit einem Platz in der Zelle der Pariser Gaswerk-Arbeiter. Breton habe das übelgenommen und sei daraufhin Trotzkist geworden.

Philippe Soupault hält sich außerhalb dieser Vorgänge: »Ich war traumatisiert von Goethes Gespräch mit Eckermann, wo er sagt, wer einer Partei dient, ist für die Poesie verloren.« Die genauen Gründe für seine Entlassung aus der Bewegung liegen für Breton darin: Soupault schrieb Romane, Artikel für Zeitungen und rauchte englische Zigaretten.

Bei aller vorgegebenen »Abscheu der Surrealisten gegen den Roman als Zufluchtsort geistiger Kleingärtner« schreibt der Surrealist Soupault Romane, handelnd in »menschenleeren Straßen, in denen Pfiffe und Schüsse die Entscheidung diktieren« (Walter Benjamin). Es ist eine Prosa aus bilderdichten Szenen und poetisch scharf benannten Momenten. Favorisiert ist die Nacht mit ihrem speziellen Personal, welches das Bedürfnis hat, »sich für das Ziel extravaganter Gefahren zu halten« (Soupault).

Die letzten Nächte von Paris (1928): Unterwegs ist ein Elegant mit dem Ziel »aller nächtlichen Spaziergänger: auf der Suche nach einem Leichnam ... weil in Paris der Tod allein mächtig genug ist ... um einen ziellosen Spaziergang zu vollenden«. Schlendernd tankt der Elegant seine toten Nerven auf. Auch bei braven Begebenheiten: »Bald verließen wir die Tanzdiele der Hausangestellten ... Diese humorvollen wöchentlichen Bälle haben den Charme von Affenkäfigen. Diener verbeugen sich vor gutgelaunten Köchinnen.«

Der Elegant folgt der Hure Georgette, die die zweideutigen Pariser Örtlichkeiten abläuft: die Trottoirs der masochistischen Junggesellen, die mit Selbstgesprächen die kalten Stunden verbringen; die Parks, in denen verzweifelte Dirigenten imaginierte Orchester dirigieren und Virtuosen auf abwesenden Instrumenten spielen.

Auch in dem Roman *Der Neger* (1927) befindet sich der Erzähler auf der Spur phosphorisierender Untaten. Edgar Manning, der überlegen schöne Schwarze, »lebendig wie rote Farbe, schnell wie eine Katastrophe«, treibt durch die weißen Hauptstädte, sitzt viel Zeit in ihren Kerkern ab und altert nicht. »Er erwartet nichts von der Zukunft, weil er seine unverbrauchte Vergangenheit kennt.« Der Neger, der »unser weißes Fleisch unserer Verzweiflung vorzieht«, der in einem Bordellzimmer nicht bleiben kann, »auf das schon alle anderen Haustiere mit hängender Zunge warten«, ersticht in Barcelona eine Hure, die »Europa« heißt.

Soupault produziert schnell. »Zu schnell«, sagt er, selbst wenn er keine Familie hatte ernähren müssen. Und während er selber seine Inspirationen wie galoppierend niederschreibt, trifft er sich mit James Joyce, dem monströsesten aller Wortmäkler. Joyce und Soupault sind seit 1926 befreundet. *Ulysses* existiert schon. Joyce ist im Ansturm auf das literarische Weltgebirge *Finnegans Wake*.

»Und wie Proust«, sagt Soupault, »war Joyce mit seinem Œuvre einer Religion beigetreten. Sie waren wirklich Kranke, Opfer ihrer außergewöhnlichen Bücher.« Proust (1922 gestorben) habe zuletzt nur noch für eine Recherche das Haus verlassen, besah sich eines Details wegen Bilder von Gustave Moreau.

Daran gemessen waren die Abwechslungen von Joyce fast opulent: Er liebte Schweizer Weißwein und Belcanto, sang, sich auf dem Klavier begleitend, auch selber. Soupault ging mit ihm in die Oper, wenn der irische Tenor John Sullivan besetzt war. Und man musste unendlich applaudieren, damit Sullivan wieder und wieder vor den Vorhang treten konnte und die Arie aus *Wilhelm Tell* wiederholte.

1930 sitzt Joyce an der französischen Übersetzung von »Anna Livia Plurabelle«, einem Kapitel aus *Finnegans Wake*. Sie war von Samuel Beckett, den sich Joyce als Hauptübersetzer gewünscht hatte, begonnen worden. Da Beckett nach Irland zurückkehren musste, wurde dessen Arbeit unter Joyce' Aufsicht von Paul Léon, Eugene Jolas und Ivan Goll revidiert.

Richard Ellmann in seiner Joyce-Biografie: »Man entschloss sich, die französische Version noch einmal neu zu formen, und Ende November wurde Philippe Soupault gewonnen, sich mit Joyce und Léon jeden Donnerstag um 2.30 Uhr in Léons Wohnung in der Rue Casimir Perier zu treffen. Sie saßen drei Stunden lang an einem runden Tisch, den Léon zu verkaufen drohte, falls Joyce seinen Namen darauf einkratzen würde; und während Joyce in einem Sessel rauchte, las Léon den englischen Text vor, Soupault den französischen, und Joyce unterbrach den Wechselgesang, um die Formulierung dieses oder jenes Satzes neu zu erwägen. Joyce erklärte dann den Doppelsinn, den er beabsichtigt hatte, und er oder einer seiner Mitarbeiter machten ein Äquivalent ausfindig. Joyce legte großen Nachdruck auf den Fluss der Zeile, weil ihm mehr am Klang und Rhythmus als am Sinn lag.«

Philippe Soupault, von seinem Naturell her unfähig, Sätze lange abzusitzen, verbringt mit Joyce einen ganzen Nachmittag über den Valeurs von Wörtern wie »maquereau«, »souteneur« und »proxénète«, welche alle drei »Zuhälter« bedeuten.

Literarische Gespräche findet Joyce belästigend. Über eine Gruppe redender Intellektueller in einem Pariser Restaurant sagt er zu Soupault: »Wenn die doch nur über Rüben sprechen wollten.« Joyce, der 1936 noch nichts von Kafka gehört hatte, lässt sich manchmal herab, einen Zeitgenossen für eine einzige

Zeile in dessen Werk zu loben. Von Paul Valéry gefällt ihm die Wendung »parmi l'arbre« in einem Gedicht, und bei Soupault entzückt ihn, wie er Beckett wissen ließ, der Satz »La dame a perdu son sourire dans le bois« (Die Dame hat ihr Lächeln im Wald verloren).

Am 2. Februar 1939 ist Philippe Soupault einer von nur acht Gästen bei Joyce' siebenundfünfzigstem Geburtstag, an dem vor allem das Erscheinen von *Finnegans Wake* gefeiert wird. Der beste Pariser Konditor hat einen Kuchen gebacken, auf dem zwischen Buchstützen eine Nachbildung aller sieben Joyce-Bücher, glasiert in der Farbe ihres Einbandes, steht: *Finnegans Wake* als letztes und größtes.

In der Mitte des Tisches liegt ein rundes Spiegeltablett, das den Ärmelkanal mit Dublin auf der einen Seite und Paris auf der anderen vorstellt. Eine Glaskaraffe in Form des Eiffelturms und eine Nachttischlampe in Form einer Windmühle stehen auf der französischen Seite; eine zweite Nachttischlampe, eine Kirche darstellend, und eine Flasche, die der Nelsonsäule nachgebildet ist, stehen auf der irischen Seite. Die Flüsse Liffey und Seine sind aus Silberpapier geformt, mit Stanniol-Schiffen und bei der Liffey mit Schwänen. Es gibt Schweizer Weißwein, und nach dem Essen singt Joyce mit seinem Sohn Giorgio ein Duett.

Der Surrealist Philippe Soupault ist sich nicht selber Ziel seines Lebens. Schon 1927 beginnt er, außerhalb des surrealistischen Kanons zu leben, und schreibt Reportagen für Pariser Zeitungen. Abenteuer und Erfahrungen interessieren ihn mehr als Literatur, womit er als Einziger »dem Bestreben, das die surrealistische Gruppe ursprünglich beseelte, treu geblieben ist« (Gaëtan Picon).

Ich habe Soupault fünf aufeinanderfolgende Tage jeweils eine Stunde zugehört. Wenn ihn etwas besonders aufregte, gab er noch eine halbe Stunde dazu. Beispielsweise als er von Henry de Montherlant sprach, in dessen Nachbarschaft, am Quai Voltaire, er eine Zeitlang wohnte.

Montherlant, der homosexuell war (sein berühmtestes Buch heißt *Erbarmen mit den Frauen*) und der alles daransetzte, diese Tatsache zu tarnen, hatte eine Beziehung mit dem Schriftsteller Roger Peyrefitte (*Die Schlüssel von Sankt Peter*).

»Und Peyrefitte, dieses dreckige Individuum«, sagt Soupault, »veröffentlichte alte Liebesbriefe von Montherlant.« Montherlant wurde erpresst. Als er, der extrem geizig gewesen sei, nicht zahlte, habe ihn ein Typ am Quai Voltaire die Treppe hinuntergestoßen. Montherlant fiel auf den Kopf und litt seitdem unter schrecklichen Schwindelanfällen.

Soupault: »Er schleppte sich, nur noch eine Ruine, in sein am Quai gelegenes Restaurant *À la Frégate*, wo ich ihn hin und wieder traf.« Dann erblindete er allmählich, und sein Essen wurde ihm aus dem *Frégate* in die Wohnung gebracht. 1972 erschoss er sich.

Während ich die Tonbänder mit Soupaults präzisen Erzählungen abschrieb, erfuhr ich, dass ihm eines seiner Stimmbänder operativ entfernt werden musste. Ich hatte dann große Angst, er würde an diesem Eingriff sterben und die Geschichte über ihn müsste ein Nachruf werden. Aber es geht ihm wieder gut, nur solche schweifenden Auskünfte wird er mit seiner Stimme nicht mehr geben können.

Dinge über Monsieur Proust

MITTAGS bringen zwei Juwelenwächter von Cartier die Perlen der Herzogin von Guermantes und Monsieurs Swanns oblatenflache, achteckige Taschenuhr in das zwanzig Kilometer vor Paris gelegene Schloss Champs sur Marne. Die Männer sehen verschlagen aus. Besonders der eine, der tiefe blaubraune Schatten um seine gelben Augen hat und dessen Blick man nachts für den eines Tieres halten könnte. Beim Auspacken der teuren Stücke aus den wattierten Tüten greift der Gelbäugige in die Perlen wie ein Friseur in einen Lockenkopf, und der andere führt das gedämpfte Schnappen des Uhrenetuis vor. Beide zeigen eine erregte Zufriedenheit, als hielten sie Beute in Händen.

Die Herzogin von Guermantes gibt eine musikalische Matinee. Sie und ihre Gäste gehören dem *gratin* des Pariser Faubourg Saint-Germain an, zu dem Zutritt nur eine hohe Geburt verschafft. Oder jemand erregt als Paria ein spezielles Entzücken wie der Jude Charles Swann, der sein als unfein reputiertes Vermögen aus Börsengewinnen über einem melancholischen Esprit vergessen macht. Die Damen sitzen mit ihrem raumfordernden Cul de Paris etwas schräg in den Sesseln. Und aufrecht hinter ihnen eine dämmernde Spezies aristokratischer Herren, die wie stehende Luft die Fächerbewegungen der Damen zu beschleunigen scheinen. Der Pianist spielt das Intermezzo »Die Vogelpredigt des heiligen Franziskus« von Liszt, wobei sein keilförmiger Künstlerkopf übertrieben auf- und niedergeht.

Volker Schlöndorff hat »Eine Liebe von Swann« verfilmt, ein Kapitel aus Marcel Prousts viertausend Seiten langem Roman *Auf der Suche nach der verlorenen Zeit*. Charles Swann, ein Müßiggänger von hoher ästhetischer Verwundbarkeit, die ihn in Halb- und Vierteltönen den Absturz von Kultur in Vulgarität wahrnehmen lässt, liebt Odette de Crécy, eine Kokotte von schlechtem Geschmack. Vor seiner Bekanntschaft mit ihr hatte bei Swann »... wie bei vielen Männern, deren Kunstgeschmack sich unabhängig von ihrer Sinnlichkeit entwickelt, ein bizarrer Gegensatz zwischen dem bestanden, was den einen und die andere befriedigt; im Verkehr mit Frauen suchte er immer derbere, bei den Kunstwerken immer raffiniertere Genüsse ...«

Die ausgesuchten Gäste bei den Guermantes werden von Aristokraten dargestellt, von Titelträgern der obersten Kategorie wie den Prinzen Ruspigliosi und Lubomirski. Sie treffen sich in der Frühe um 7.15 Uhr an der Porte de Vincennes, wo sie ein Bus einsammelt und nach Champs sur Marne bringt. Ihre Tagesgage liegt zwischen dreihundertfünfzig und vierhundert Franc. Das ist je nach Bedürftigkeit gar kein Geld oder immerhin etwas. Doch nicht genug, um einen Orangenbaum aus einem kleineren in einen größeren Holzkübel umzupflanzen. Denn einige dieser Leute halten noch ein Schloss.

Beispielsweise die Darblays, die in einem fünfköpfigen Familienverband auftreten – Mutter, Sohn, drei Töchter. Und während der eine Darblay'sche Mann seiner Sippe alle Lieblichkeit für sich entzogen hat, haben die Darblay'schen Frauen wie Austernmesser knapp gebogene Nasen, sachliche Münder und spatenhaft gerade Gesichtsumrisse. Ihre vierfache kantige Anwesenheit ist die physiognomische Hefe zwischen den weniger entschiedenen Gesichtern. Und so wie Hefe keine Ruhe gibt, sondern sich vorarbeitet, bis alles nach ihr schmeckt, reicht auf einer dicht mit Damen besetzten Chaiselongue schon eine Darblay, um an teure, aus der oberen Hälfte ihrer Boxentüren hinausschauende Pferde zu denken.

Im Unterschied zu den profanen Statisten, die auf dem täglichen Arbeitspapier der Filmproduktion anonym und nur nach ihren äußeren Merkmalen vorkommen – alter Gärtner mit Harke, Kinderfrau mit Haube, vornehmes Mädchen mit Kricketschläger –, sind die Adligen mit Namen aufgeführt: dreimal de Rohan-Chabot, einmal de Breteuil, de Champs Fleuri, de Saint Robert, de Chavagnac, de Chaudenay, de Chazournes, de Nicolai, de Illiers und zweimal de Cambronne. Letztere sind Nachfahren des napoleonischen Generals, der bei der Schlacht von Waterloo »merde« ausrief und dieses Wort als »le mot de Cambronne« benutzbar machte.

Außer den Prinzen, die wahrscheinlich zu arm sind, stehen die Genannten fast alle im *Bottin mondain*, einem seit 1885 existierenden Verzeichnis der Pariser Gesellschaft. In diesem Buch, welches im Rhythmus von zwei Jahren aktualisiert wird, öffentlich nicht einzusehen ist und achthundert Franc kostet, halten sich Adel und Geldbourgeoisie die Waage. Eher verschwindet aber eine Comtesse von ihrem alphabetischen Platz, und ein weiterer Schlumberger rückt nach.

Als in Paris heraus war, dass Volker Schlöndorff Proust verfilmen wird, war die maliziöse Vorfreude auf ein Misslingen dort kleiner als in Deutschland.

Kein Aufstand von Proustianern, wer immer diese Leute sind, die sich derart zu Hause fühlen in dem Werk, dass sie den Hofhund markieren und anschlagen, wenn ein vermeintlich Unbefugter die Nase hereinsteckt. Öffentlichen Einwand gegen Schlöndorffs

Unternehmen gab es nur von dem Schriftsteller und ehemaligen Sartre-Sekretär Jean Cau, der in der Illustrierten *Paris Match* die sich aufhebende Doppelrolle eines Proust-Beschützers und eines Anti-Proustianers übernahm. Jean Cau ist jeder ein Gräuel: der treuherzige Vergnügungsleser so sehr wie der mit Proust Verwandtschaft empfindende Sensibilist. Und dessen Untersorte, der Stichwort-Proustianer, dem das muschelförmige Eiergebäck aus der Kindheit des Erzählers eine literarische Hostie ist, den beim Anblick einer »Madeleine« in einer Konditorvitrine die »Suche nach der verlorenen Zeit« befällt.

Für Jean Cau gibt es nur einen proustfähigen Menschen: ihn selber. Und diesen Menschen erreicht eine Art *billet doux* aus dem Grabe Prousts, in dem jener ihn bittet, ihm über das Verbrechen der Verfilmung zu berichten. Und Cau beginnt, die intimste Anrede für Proust, die Naschwerkformel »Mon cher petit Marcel« benutzend, hinunter ins Grab zu berichten:

Über den alpinistischen Ehrgeiz von Regisseuren, die das Massiv »Proust« einnehmen wollten und darüber gestorben sind wie Luchino Visconti oder denen zwanzig Millionen Dollar fehlten wie Joseph Losey. Über den Vollstrecker Schlöndorff schließlich, dessen Hauptdarstellerin Ornella Muti plebejische, zu grob geratene Hände habe; der sich zu filmen getraut, worauf »Du, o Marcel, Dein begnadetes Facettenauge gerichtet hast, auf die taumelnden Insekten im Schauglas ihrer Leidenschaften. Dieses Auge, wodurch ist es zu ersetzen? Durch eine Kamera?« Doch »Schrei nicht, Marcel! Dein Asthma! Dein Asthma!« Cau versucht Proust dann durch die Mitteilung zu besänftigen, dass die Statisten authentische Aristokraten sind, und zählt sie auf.

Nach einigen Drehtagen im Schloss Champs sur Marne zeichnet sich ein Statusgefälle innerhalb der Adelsgruppe ab. Das mag im gegenseitigen Wissen um die pekuniären Verhältnisse begründet liegen, auch in Schlöndorffs leichtfertiger, wenn auch einfühlsam gemeinter Auskunft, dass einige statt des Geldes lieber eine Kiste Wein als Tagesgage wollen. Wer also will Wein, und wer nimmt Geld? Wer findet Geld unwichtig und kann es deswegen nehmen? Und wer findet Geld wichtig, weil er es braucht?

Die Rohan-Chabot und die Chavagnac gehören dem Pariser Jockey-Club an, der gesellschaftlich wohl geschlossensten Institution der Welt. In diesem 1835 gegründeten Club gab es zu Lebzeiten Prousts neben den Rothschilds nur noch ein jüdisches Mitglied, Charles Haas, der von sich sagte: »Ich bin der einzige Jude, der es fertiggebracht hat, von der Pariser Gesellschaft anerkannt zu werden, ohne grenzenlos reich zu sein.«

Charles Haas, Sohn eines Börsenmaklers, wurde Prousts literarisches Vorbild für die Figur des Charles Swann, dessen kampflos ihm zufließende Börseneinkünfte ihn ganz seiner Kunstempfindlichkeit und seinen gesellschaftlichen Ambitionen leben lassen. Es sind die gleichen Bedingungen, denen auch Proust seine finanziell unbehelligte Existenz verdankt: Das Geld, das er in Grandhotels ausgeben konnte, das ihn Trinkgelder wie aus einem Füllhorn verteilen ließ, stammte aus dem Vermögen seines Großvaters mütterlicherseits, des jüdischen Börsenmaklers Nathée Weil.

Mit dem zu Ende gehenden Jahrhundert stellt die Pariser Aristokratie nur noch die feinsten Leute, aber nicht mehr die reichsten. Die Herablassung gegenüber dem neuen Geld mündet zwar oft in einer sanierenden Heirat, was nicht bedeutet, dass sich die Herablassung danach gibt. 1895 heiratet der mit Proust befreundete Comte Boni de Castellane, ein Neffe des Prinzen von Sagan, die amerikanische Erbin Anna Gould, um seinen Ruin aufzuhalten. In den Salons wird die Anwesenheit des Grafen, der als Anwärter des Jockey-Clubs seiner Exaltiertheit wegen durchgefallen war, als ergötzend empfunden. Während die von dem englischen Proust-Biografen George D. Painter als klein, dünn und kümmerlich geschilderte Anna Gould keinen Augenblick vergessen machen kann, warum sie dabei sein darf.

Die Dressurakte des Grafen an seiner glanzlosen Frau geraten ihm zur Erheiterung der Gesellschaft. Einem Gerücht zufolge wuchsen ihr längs der Wirbelsäule Haare »wie einer irokesischen Häuptlingsfrau«. Worauf der Ehemann zu ihrer Ehrenrettung in Umlauf brachte, er habe sie längst enthaart.

Er lehrt sie, gelassene Antworten zu geben auf Komplimente. Die Überwältigung von Besuchern auf die von ihrem Geld entstehende kolossale Villa, welche dem Petit Trianon in Versailles nachgebildet wurde, beantwortet sie mit der zusätzlichen Auskunft: »Das Treppenhaus wird so ähnlich wie das in der Opéra, nur größer.«

Über dem Reichtum der Anna Gould verliert Comte Boni de Castellane jedes Maß für die Usancen der Adelsklasse, die, ihrer realen Funktion fast ganz enteignet und in Verarmung begriffen, eine verhaltene Sparsamkeit zur Stilfrage deklarieren musste. Die an Größenwahn grenzenden, verschwenderischen Empfänge des Grafen lassen Alphonse de Rothschild in einer Anwandlung von Mitleid sagen: »Man muss es gewohnt sein, mit so viel Geld umzugehen.«

Zum einundzwanzigsten Geburtstag seiner Frau Anna holt der Graf beim Pariser Stadtpräsidenten die Erlaubnis ein, für dreitausend Gäste einen Ball im Bois de Boulogne zu geben. Die Zeitungen berichten, dass das gesamte Corps de ballet der Opera tanzte, dass achtzigtausend venezianische Lampen »im Hellgrün unreifer Früchte zwischen den Bäumen des Bois schimmerten«, dass fünfundzwanzig Schwäne, gestiftet von dem Millionär in Mehl und Teigwaren Camille Groult, plötzlich aufflogen und zwischen

»den Laternen, Gästen und Feuerfontänen mit ihren weißen Flügeln schlugen«. Die Comtesse Anna de Castellane, geborene Gould, kostete dieser Ball dreihunderttausend Goldfranken ihres Vermögens.

Über eine von Prousts zahlreichen Gastgeberinnen, die Comtesse Rosa de Fitz James, geborene Gutmann, schreibt Painter, sie habe ein Verzeichnis aller jüdischen Heiraten des europäischen Adels als Geheimwaffe in ihrem Schreibtisch bewahrt. Der Faubourg Saint-Germain, der sich als uneinnehmbarer Adelshorst geriert, hält die hinaufgeheiratete Rosa Gutmann aus Wien zunächst nicht für akzeptabel; lässt sich aber durch die Tatsache, dass ihr Mann, Comte Robert de Fitz James, sie nur betrog, für sie erweichen.

Das Unglück der schwermütigen Comtesse Rosa beschert dem Faubourg nur Kurzweil und bringt ihr den Namen »Rosa Malheur« ein (nach der Malerin Rosa Bonheur). »Sie wollte einen Salon haben«, sagte Comte Aimery de La Rochefoucauld, »brachte es aber nur bis zu einem Esszimmer.« Painter schreibt: »Wenn sie anfing: ›In Wien, wo ich erzogen wurde‹, unterbrach sie ihr Mann, der Comte de Fitz James: ›Sie wollen sagen: großgezogen.‹« Eine Freundin meinte ihr gegenüber: »Alle sagen, Sie seien dumm, meine liebe Rosa, doch sage ich immer, das sei übertrieben.«

Der eingeschränkten Wertschätzung für einen aristokratischen Salon, dessen Gastgeberin Jüdin ist, erliegt auch Proust, Sohn einer Jüdin, der in den neunziger Jahren seinen Aufstieg in die höchsten Kreise betreibt. Die Einladung der Prinzessin de Wagram und ihrer Schwester, der Herzogin de Gramont, die Proust 1893 erhält, bedeutet für ihn nur eine Vorstufe zum eigentlichen Gipfel, da beide Damen geborene Rothschilds waren »und ihre Ehemänner durch die Einheirat in jüdisches Geld als leicht deklassiert galten« (Painter).

Da Proust sein privates Leben ausschließlich als Fundstelle für literarischen Stoff anlegt, ist sein gesellschaftlicher Ehrgeiz jedoch nur der eines Rechercheurs und kein Bemühen um persönliche Satisfaktion. Bei den Diners, die er gibt, sitzt er, um besser hinhören und hinsehen zu können, ohne zu essen, auf einem etwas abgerückten Stuhl. Oder er wechselt zwischen den Gängen seine Tischpartner, um jedem Gast die Wichtigkeit zu zeigen, die dieser für ihn hat. Vor allem aber versetzt ihn diese Höflichkeit in die Lage, auch nicht die kleinsten Redemerkmale zu versäumen, nicht die Beschaffenheit einer künstlichen Brombeerranke in einer Frisur, nicht die Anzahl der ausgestopften rosa Dompfaffen auf einem Abendhut. In Deutschland las man Prousts ausschweifendes Sezieren der Gesellschaft zuerst »als Unterhaltungsbeilage zum Gotha« (Benjamin).

Bei einem Diner im *Ritz*, zu dem Proust zusammen mit der Prinzessin Soutzo im März 1919 von Harold Nicolson, englischer Delegationsteilnehmer der Pariser Friedensverhandlungen, eingeladen war, machte er den Engländer durch sein detailbesessenes Fragen über dessen Arbeit nervös. Proust unterbrach Nicolson schon nach dem Satz: »Wir treffen uns gewöhnlich um zehn Uhr morgens« und sagte: »Nein, das geht viel zu schnell, fangen Sie noch einmal an. Sie fahren mit dem Dienstauto, Sie steigen am Quai d'Orsay aus, Sie gehen die Treppen hinauf, Sie treten in den Konferenzraum ein. Was geschieht dann?« Nicolson berichtete dann alles diesem »weißen, unrasierten, schmierigen Dinergast«, wie er sich über Proust äußerte.

Der asthmakranke und schlaflose Proust, den Walter Benjamin als »vollendeten Regisseur seiner Krankheit und nicht als ihr hilfloses Opfer« empfand, gerät im Laufe seines Lebens immer mehr aus dem Rhythmus von Tag und Nacht. Er schläft bis in den Abend, sodass seine Mutter, um überhaupt einmal mit ihm zusammen zu sein, gegen Mitternacht mit ihm dinieren musste. Danach erst nimmt er seine gesellschaftlichen Aktivitäten auf, um dann bis morgens zu schreiben.

Prousts regelmäßig spätes Erscheinen auf den Soireen lässt den aufbrechenden Anatole France einmal panisch ausrufen: »Jetzt kommt Marcel – das heißt, dass wir noch bis zwei Uhr morgens hier sein werden!« Proust heftet sich an France und entlockt ihm die Anekdoten des Abends. Danach bittet er Albert Flament, einen anderen Gast, ihn nach Hause begleiten zu dürfen. Aus Gründen gleichzeitig der Menschlichkeit und der Verzögerungstaktik, so Painter, habe Proust den ältesten Kutscher und das hinfälligste Pferd auf der ganzen Avenue Hoche ausgesucht. Doch statt einzusteigen, lässt er den Kutscher hinter ihnen herfahren und fragt nun Flament über die Geschehnisse des Abends aus, um dessen Antworten mit denen von France zu vergleichen und sich ein mehrdimensionales Bild machen zu können.

Dem bald eingeschlafenen Kutscher steckt er eine Handvoll Geld zu, ruft sich einen anderen und bietet Flament eine Fahrt durch den Bois de Boulogne an. Dieser lehnt ab und Proust sagt: »Ich möchte nicht, dass Sie morgen übermüdet sind – ich weiß, Sie stehen morgens auf wie jedermann sonst, doch sicher müssen Sie hungrig sein.« Es folgt ein Souper im Restaurant *Weber* in der Rue Royale, bei dem der beängstigend erschöpfte Proust mit dem »Aussehen einer Gardenie von gestern« wie meistens seinen Pelzmantel anbehält, für sich nur zwei Birnen bestellt und seinem Gast »das Teuerste, das der Jahreszeit am wenigsten Entsprechende«, bestellt. Erst gegen Morgen, den er selber wie ein Nachtgespenst fürchtet, und nachdem er unter den Schnarchtönen des Kutschers noch zwei Stunden mit Flament vor dessen Haustür geredet hat, lässt Proust von seinem Informanten ab.

Im Februar des Jahres 1900 sitzt Proust an einem *Figaro*-Artikel über den gerade verstorbenen englischen Ästheten und Sozialreformer John Ruskin. Wie immer ist es Nacht. Als Proust (der damals noch in der elterlichen Wohnung am Boulevard Malesherbes Nr. 9 wohnt) bei seiner Arbeit an einem sachlichen Detail hängenbleibt, schickt er den Diener seines Vaters (Dr. Adrien Proust, Professor für Seuchenmedizin und Erfinder des Cordon sanitaire) um eine Auskunft zu seinem Freund Léon Yeatman. Der Diener sagt zu dem aus dem Schlaf gerissenen Yeatman: »Monsieur Marcel bittet mich, Monsieur zu fragen, was mit Shelleys Herz geschehen ist.«

In einer anderen Nacht findet der heimkehrende Yeatman diesen »leicht tyrannischen Freund« wegen eines ähnlichen Anliegens allein in seiner Portiersloge sitzend vor. Proust hatte sogar die Schnur gezogen, um ihn einzulassen, und erklärt, Yeatmans Concierge sei krank, ihr Mann müsse Medizin für sie holen und er habe seine Vertretung angeboten.

»Prousts Biographie ist deswegen so bedeutungsvoll«, schreibt Walter Benjamin, »weil sie zeigt, wie hier mit seltner Extravaganz und Rücksichtslosigkeit ein Leben seine Gesetze ganz und gar aus den Notwendigkeiten seines Schaffens bezogen hat.«

Schlöndorff wollte ursprünglich den jüdischen Popsänger Art Garfunkel aus New York für die Rolle des Swann. Keinesfalls aber einen Franzosen, wie er sagt, denn die Pariser Gesellschaft habe den Proust'schen Swann ja auch für einen Ausländer genommen. Den Swann spielt jetzt der Engländer Jeremy Irons, der von so empfindlicher Schönheit ist, dass er auf dem Satinpolster eines dicht schließenden Etuis zu Hause sein könnte. Die sich stufenweise verschärfende Traurigkeit seines Blicks gelangt manchmal an einen Punkt, an dem sich die Einstichstelle des Weltunglücks zu befinden scheint. Und seine gesamte Erscheinung mit der sicher auch ehrgeizigen Müdigkeit sticht fast die Müdigkeit der aristokratischen Männer von der Statisterie aus.

Während der sich hinziehenden Drehpausen campieren diese Männer wie gefangene Offiziere meistens wortlos auf den Stufen der inneren Schlosstreppe, als ob sie keinen anderen Zwecken mehr unterliegen und nur noch aus guten Familien stammen. Sie warten, bis der Ansturm vor den großen Mannschaftskannen für Tee und Kaffee vorüber ist. Und wenn sie endlich einen Plastikbecher unter die Zapfstelle halten, riskieren sie, dass eine Dame einen zweiten Kaffee möchte und für sie selber aus der dann schräg zu haltenden Kanne nichts mehr kommt.

Nur der polnische Prinz Lubomirski ist hellwach der Tagesgage wegen hier. Seine Schuhe sind durch einen altersbedingten Dreiecksfuß an den Innenseiten brüchig. Lubomirski kümmert Proust wenig. Ihm sind dessen Sätze zu lang, sodass er nur mit der

Rhythmushilfe eines geschlagenen Tamburins oder eines tickenden Metronoms am Ende deren Sinn erfassen könnte.

Im Deutschen, sagte der Prinz aus einer plötzlichen Kaprize heraus, verabscheue er die beiden Grußformeln »Ahoi« und »Tschüs«. Doch über alles liebe er Rilke, dessen Grabspruch er mit gerecktem Gesicht und halbgeschlossenen Augen aufsagt: »Rose, oh reiner Widerspruch, Lust / Niemandes Schlaf zu sein unter so viel / Lidern«.

Diesen drei Zeilen habe er eine Paraphrase gewidmet: »Rose, Du bist das Bild der Liebe! Zu Dir steigen wir / Durch krallenhafte Siebe«. Während er sie preisgibt, nimmt er aus Höflichkeit gegenüber Rilke die vorangegangene Anbetung aus seinem Gesicht.

Als Schlöndorff die Idee kam, die Proust'schen Salonszenen mit Adel zu besetzen, konnte er nicht ahnen, dass es Andrang geben würde und schließlich die üble Situation, Bewerbern, die seinen optischen Vorstellungen nicht entsprachen, absagen zu müssen. Es sollten viele große Nasen zusammenkommen, eine spezifisch herablassende Hässlichkeit, die Prousts Romanheld Swann empfindet, als er nach dem Anblick der strammen Bedienten mit ihren neuen, herkunftslosen Gesichtern »jenseits des Tapisserievorhangs« die aristokratische Gesellschaft betritt.

Die Frauen vor allem müssen begierig gewesen sein, in dieses Pandämonium aufgenommen zu werden. An den Frisier- und Schminktischen im Kellergewölbe des Schlosses wird erzählt, eine habe für ihre Teilnahme an dem Proust-Film eine schwarze Messe gehalten. Und vorbeugend, für den ehrenrührigen Fall, nicht mitmachen zu dürfen, sei eine Comtesse auf die Seychellen abgereist, um dadurch ihre Abwesenheit im Salon der Guermantes zu erklären. Solche mokanten Details muss Marie-Christine von Aragon in Umlauf gebracht haben, denn sie war von der Produktion mit dem Rekrutieren der adeligen Statisten befasst. Als Namensträgerin kannte sie ohnehin die meisten. Und für den Rest hatte sie im *Bottin mondain* geblättert und in den Avenuen hinter dem Arc de Triomphe herumtelefoniert.

Auch Schlöndorff brachte Adelskontakte ein, wenn auch nicht in dem Ausmaß, wie er es in den ersten Meldungen über sein Proust-Projekt glauben machte, dass nämlich die gesamte Aristokratenkulisse aus Freunden und Klassenkameraden bestehen werde. Dies trifft nur auf Philippe de Saint Robert zu, Kommentator bei *Le Monde*, und den Industriellen Roland de Chaudenay, die mit ihm zusammen das Jesuitenkolleg in Vannes besucht hatten. Solche in ihrer Richtigkeit zwischen Gramm und Doppelzentner differierenden Auskünfte sind symptomatisch für künstlerische Großunternehmer, die ihren Mitarbeiterstab zwar dauernd loben, dabei aber bei dem gutplatzierten Veilchenstrauß am Gürtel der Hauptdarstellerin glauben, er stecke nur gut, weil sie das Beste aus ihren Leuten herausholen.

Alain Delon spielt den Baron Palmède de Charlus, unter Prousts Romanfiguren diejenige, die über alle glänzenden Eigenschaften eines Satans verfügt, daneben jedoch freundschaftsfähig ist. Charlus ist ein gnadenloser Ästhet gegenüber weiblicher Schönheit und etwas weniger gnadenlos, weil ihrer körperlichen Liebe bedürftig, gegenüber jungen Männern. Für Charles Swann, der sich in seiner eifersüchtigen Liebe zu der Kokotte Odette zugrunde richtet, ist Charlus ein konspirativer Vertrauter, den er um detektivische Dienste angeht. Den er sogar bitten kann, mit Odette auszugehen, um sie zumindest für Stunden, die sie sonst ohne sein Wissen verbringen würde, auf diese Weise an sich zu binden.

Gemessen an den vorangegangenen Tagen bringt das Auftreten von Alain Delon am Drehort eine atmosphärische Erschütterung. In einem übergroßen Bewusstsein für seine Besonderheit hat er sich die Anwesenheit jeder unbefugten Person verboten. Das bedeutet sogar für Nicole Stéphane (Tochter des Barons James de Rothschild), die 1962 Marcel Prousts Nichte Suzy Mante-Proust die Verfilmungsrechte für die *Recherche* abkaufte, dass sie sich jederzeit wie die rechte Hand einer verantwortlichen Schneiderin verhält, welche mit dem Nadelkissen bereitzustehen hat.

Die Stille muss nicht erst durch die vielen jungen Männer hergestellt werden, die über ihre Walkie-Talkies »Silence« rufen und deren hierarchisch gegliedertes Assistententum am niedrigsten und am lautesten ist, wenn sie im Schlossgarten einen Gärtner anfahren, weil er mit der Buchsbaumschere schnappt. Es herrscht jedoch keine geneigte Stille, wie sie ein Papst erwarten kann, der von seinem Balkon seine vielsprachigen Osterwünsche auf den Petersplatz hinuntersagt. Vielmehr ist sie angespannt, als müsste eine Ladung Nitroglyzerin über eine Holperstrecke transportiert werden.

Einer als Gerücht getarnten Tatsache zufolge war die Mitwirkung Alain Delons eine Bedingung der französischen Produktionsfirma Gaumont, die mit siebzig Prozent an dem insgesamt acht Millionen Mark teuren Film beteiligt ist; entsprechend das Verhalten dieses halbalten oder halbjungen Mannes von achtundvierzig Jahren, der wie auf einem Wohltätigkeitselefanten sein Dabeisein abheben muss und bei dem eine Regieanweisung solche starken Widerstände auslösen kann, als hinge er an einem sich plötzlich entfaltenden Bremsballon.

Alain Delons Erscheinung wirkt erst mal stärker als seine Tätigkeit. Er ist auf Charlus hergerichtet. Und Charlus ist das von Proust geschaffene literarische Ebenbild des Grafen Robert de Montesquiou, dessen Porträt der versammelten Adelsstatisterie geläufig ist. Dafür sieht er zu sehr nach einem Karnevalspiraten aus, etwas zu zirzensisch mit seinen wichsschwarzen Augenbrauen und dem ebenso schwarzen Schnurrbart. Vielleicht ist Delon bei aller Erinnerung an seine erotischen Verbrecherrollen doch zu maßliebchenhaft, hat er noch zu viel unbedeutende Güte im Gesicht für eine so degenerierte Figur, die durch das Zusammenspiel von aristokratischer Kultiviertheit und unbehauster Homosexualität die Phosphorfarben der Galle abstrahlt.

Die gesellschaftliche Bedeutung des Grafen Robert de Montesquiou lag vor allem »im hohen Snobwert eines adeligen Intellektuellen« (Painter). Er schrieb Verse, die er mit oratorischem Überschwang, fuchtelnd, singend, schaukelnd und sich selber »an die Drähte aller möglichen Puppenfiguren hängend« in den Salons oder auf eigenen Soireen in seinem in Passy gelegenen »Palais Rose« vortrug. Auf die leiseste Bewunderung, etwa auf die Bemerkung »Wie schön!«, liefen seine Gäste Gefahr, dass er das Ganze noch einmal wiederholte. Die besten Imitatoren seiner mimischen und stimmlichen Exaltiertheit waren Charles Haas (Prousts Modell für Swann), der Montesquious »schneidendes, schleppendes Gemauschel« besonders gut beherrschte, und Marcel Proust selber.

Proust ließ sich manchmal schon im Beisein der Garderobiere, während er für ein Diner den Mantel ablegte, von Freunden dazu animieren, nachzuahmen, wie Montesquiou beim Lachen seine kleinen schwarzen Zähne hinter der Hand verbarg.

Proust unterhielt zu dem fünfzehn Jahre älteren Montesquiou (geboren 1855) eine komplizierte, oft gereizte, durch das Gleichgewicht ihrer schrecklichen Wahrnehmungsfähigkeit jedoch beständige Freundschaft. Während Proust den Grafen seines rosa überpuderten, plissierten Gesichtes wegen mit einer Moosrose verglich, nannte sich der Graf selber »ein Windspiel im Paletot« und wünschte, dass die Bewunderung für seine Person »sich zum körperlichen Verlangen steigert«.

Sein Palais Rose war »vollgestopft mit einem Wirrwarr ungereimter Gegenstände«, notierte Edmond de Goncourt 1891 im Tagebuch. Neben Radierungen von Whistler gab es ein Gemälde von Boldini, auf dem nur die Beine seines Sekretärs Gabriel d'Yturri in Radhosen zu sehen waren, eine Zeichnung vom Kinn seiner Kusine, der Comtesse Greffulhe, deren Lachen Proust an das Glockenspiel von Brügge erinnerte, sowie einen Gipsabdruck von den Knien der Comtesse Castiglione, einer Geliebten von Napoleon III., von Montesquiou selbst dann noch verehrt, als sie, um niemandem den Verfall ihrer Schönheit zu offenbaren, ihre Wohnung an der Place Vendôme nur noch nachts verließ. Im Bad des Grafen bestachen Proust die »zarten Pastellfarben von hundert Krawatten« in einer Vitrine sowie eine darüber hängende »leicht anrüchige Fotografie« des Akrobaten Larochefoucauld in Trikothosen.

Gegen Ende seines Lebens – er starb 1921 – wurde sich Montesquiou immer mehr bewusst, nur als Person Stoff für Literatur hergegeben zu haben, selber als Schöpfer von Literatur jedoch nicht zu zählen. Verwandt mit dem Großteil des europäischen Adels, war er Prousts wichtigster Helfer für dessen Entree in der eiskalten Sphäre des Faubourg Saint-Germain, in Prousts »Welt der Guermantes«. Eigentlich, sagte er 1920, »sollte ich mich von nun an Montesproust nennen«.

Auf seinem letzten Fest wurden »die wenigen erschienenen Gäste bei weitem von den Kellnern übertroffen« (Painter). Seine ihn immer mehr isolierenden Streitereien nannte er einen Prozess, »in dem das Gestrüpp sinnloser Freundschaften zurückgeschnitten wird, sodass sich die Alleen weiten, die in meine Einsamkeit führen«. Nach seinem Tod fürchtete der *gratin* von Paris seine Memoiren. Auch Proust, der kurz vor seinem eigenen Tod stand, erkundigte sich nach juristischen Möglichkeiten, eventuelle Desavouierungen seiner Person zu unterbinden. Doch Montesquiou, von dem es immer geheißen hatte, dass er einen Freund für ein Epigramm opfere, schrieb über Proust nichts Schlimmeres, als dass er in einem chaotischen Schlafzimmer lebe und dass dessen Genie auf Kosten seines eigenen anerkannt worden sei.

Ankunft von Charlus und Swann auf der musikalischen Matinée bei den Guermantes. In den Treppennischen statuarisch postierte Livreeträger. Über das Früchtedessin auf dem Kleid eines Mädchens sagt Charlus: »Ich wusste gar nicht, dass junge Mädchen Frucht tragen.« Charlus hat sich seiner Jacke entledigt, hält zwischen den Zähnen eine Zigarre und fragt einen jungen Diener, ob er seinen Rohrpostbrief erhalten habe und kommen werde. Der Diener wird rot, ohne es spielen zu müssen.

Delon ist gut. Und am Ende dieser Szene geht er jedes Mal wie aus Verlegenheit über Schlöndorffs Zustimmung grimassierend aus dem Bild. Danach muss er dem Majordomus an die Nase fassen. Es ist eine dieser souveränen Unverschämtheiten des Barons Charlus. Den Majordomus spielt Pierre Celeyron, Manager im Hause Coco Chanel. Er hat eine große, dünne, an die kompliziert geformte Rückenflosse eines Kampffisches erinnernde Nase. Charlus berührt sie mit dem Zeigefinger und sagt »pif!«.

Die Entourage des Alain Delon besteht aus schweren Männern, die dadurch, dass unter ihren Jacken Colthalfter zu vermuten sind, noch schwerer wirken. Auch der einzige an diesem Tage zugelassene Fotograf sieht so aus. Delon wiederholt für ihn unzählige Male das »Pif« mit Celeyrons Nase, als ob sie unempfindlich sei wie der blankgeküsste Bronzefuß eines Wallfahrtsheiligen. Er tut es so oft, bis Celeyrons Lächeln immer dünner wird und schließlich an einen Punkt gelangt, wo es um Hilfe bittet.

Celeyron schmerzt die Nase, und beim Kaffeetrinken später mit den Adelsstatisten schildert er sein Befinden so, als sei er geschändet worden. Edith de Nicolai sucht sich im Prinzen Lubomirski einen Partner, um über Delon zu reden. Nein, es ist vielmehr ein scharfes Flüstern. Er sei vulgär, flegelhaft. Er verderbe die angenehme »Proustification« dieser Tage.

Die schöne Joy de Rohan-Chabot macht sich mit solchen Einlassungen über ein Findelkind nicht gemein. Der Gotha weist ihre Familie bis ins 11. Jahrhundert nach. Auch in Prousts Biografie wimmelt die breite Cousinage der Rohan-Chabots und der Rohans. Eine Herzogin Herminie de Rohan-Chabot unterhielt beispielsweise einen »gemischten« Salon, den sich ihre Tochter, die Prinzessin Marie Murat, glaubte nicht zumuten zu können und dem Diener einmal auftrug: »Sagen Sie meiner Mutter, dass ich sie wegen all dieser Dichter nicht habe begrüßen können.« Ebendiese Herzogin hatte dem Dichter Verlaine erst Jahre nach dessen Tod eine erste Einladung zugeschickt.

Und es gibt das Detail aus Prousts Leben, dass er 1917 dem Diener des Herzoges von Rohan, einem gewissen Albert Le Cuziat, dabei behilflich war, das Hotel *Marigny*, ein Männerbordell in der Rue de l'Arcade 11, zu eröffnen. In seinem Verlangen nach Sittenlosigkeit und dem Schauder des Sakrilegs möblierte Proust, der zum Leben und Schreiben nur noch ein Bett und einen Beistelltisch brauchte, Le Cuziats Bordell mit den »zweitbesten« Stühlen, Sofas und Teppichen aus dem Nachlass seiner Eltern.

Die Statistin Joy de Rohan-Chabot legt Wert auf Vereinzelung, als ob ihre Gründe, hier dabei zu sein, sich von den Gründen aller anderen stark unterscheiden. Sie nimmt nie an einem Gelächter teil und sagt auf die Frage »Ein oder zwei Stücke Zucker?« mit einer fast somnambulen Leutseligkeit: »Danke, gar keines.« Dass sie immer abseits auf einem Tisch sitzt, mag auch mit den Stoffmassen ihres schwarz-rot-karierten Taftkleides zu tun haben, das nicht aus Viscontis Belle-Époque-Fundus zu stammen scheint. Zumindest wirkt es ungetragen und ist, durch die figürlichen Abweichungen vieler Statistinnen, in der Taille nicht so zernäht wie das von Nathalie de Chazournes. Letztere verfügt über den historischen Begriff »isabellefarben« für ihre schmutzig weißen Ärmelspitzen und den Grundton ihres Kleides, das in der stockfleckigen Truhe eines gesunkenen Schiffes überdauert haben könnte. Der Legende nach, sagt Nathalie de Chazournes, habe sich Isabella von Kastilien so lange nicht gewaschen, bis Granada von den Mauren befreit wäre.

Der Faubourg Saint-Germain im siebten Pariser Arrondissement ist keine bazillenfreie Gegend, wie sie es, der sozialen Reputation ihrer Bewohner entsprechend, beispielsweise in Hamburg wäre. In den engen Straßen herrscht der geräuschvolle Terror der Lieferanten des Kleinhandels, die ihre Kisten auf- und abladen und profane Gerüche hinterlassen. Das Feine, die Stille und der hochbesteuerte Reichtum liegen hinter den schwarzgrünen Portalen, die flankiert sind von zwei rundköpfigen Steinen mit dem Spielraum für eine Kutsche.

Hier liegen die »Hôtels particuliers«, die Stadtresidenzen, in denen der Paria Proust mit seinen Augen, die »durch die Vampire der Einsamkeit schwarz umringt waren«, die Äußerlichkeiten der höchsten Kreise notierte; wo er eine schon »marode Adelsgesellschaft« vorfand und nur durch sein Werk »memoirenwürdig« machte (Walter Benjamin). Es ist das Terrain der Comtesse de Chevigné, die stolz war, eine geborene de Sade zu sein, und der Comtesse de Greffulhe, die die Ausflüge ihres Mannes mit »den kleinen Matratzendamen« belächelte und ihren Freund, den deutschen Kaiser Wilhelm II., brieflich bat, ihr die Wahrheit über Dreyfus zu sagen.

Und so wie Proust manchmal die Merkmale einer realen Einzelperson auf mehrere Romanfiguren verteilte, vereinte er das elitäre Selbstverständnis und die verschieden geartete Schönheit der beiden Comtessen in der Figur seiner Herzogin von Guermantes; im Film ist es Fanny Ardant. Für deren Witz und Lust am Paradox fand er jedoch sein Modell in der Jüdin

Geneviève Straus, geborene Halevy, Witwe von Georges Bizet, Frau von Emile Straus, dem bevorzugten Rechtsanwalt (und gerüchteweise illegitimen Halbbruder) der Barone Alphonse, Edmond und Gustave de Rothschild.

Als Proust in den neunziger Jahren ihre Bekanntschaft machte, führte sie einen Salon, in dem, obwohl er als bürgerlich zu klassifizieren war, auch der adelige Faubourg Saint-Germain verkehrte. Es oblag allerdings nicht mehr den Aristokraten, diesen Salon aufzuwerten. Vielmehr erlebten sie hier eine Umkehrung ihres geborenen Ansehens: Sie mussten den Kriterien der Madame Straus genügen, die die Auswahl ihrer Gäste nach deren Intelligenz traf.

Wohnung Charles Swann, Faubourg Saint-Germain, Rue du Bac 97. Die Kokotte Odette de Crécy besucht ihre neue Eroberung. Es ist ein Milieu, welches in nichts ihrer Vorstellung von der Lebenssphäre eines reichen Mannes entspricht. Die Zimmer sind durch schwere Portieren und Holzverkleidung, dicht gehängte Bilder und Dokumente von einer studierstubenhaften Dunkelheit; eine einzige Antiquitätengruft voller Gegenstände, deren Kunstgehalt sich ihr nicht erschließt. Dieser ernsthafte Ramsch mit seinen Nuancen ist das genaue Gegenteil von den originellen Dingen, die Odette in ihrer Villa herumstehen hat, ihrem mit Türkisen ausgelegten Dromedar, ihrem auf einem Drachenrücken einbeinig stehenden

Reiher, ihrer Opalinvase, die aus einem geöffneten Bronze-Ei wächst.

Der kunsttheoretisch dilettierende Swann zeigt ihr Vermeers *Ansicht von Delft*, über die er gerade arbeite. Und Odette erkundigt sich, wo in Paris sie diesen Maler kennenlernen könne. Auf ihre Frage »Und hier schlafen Sie?« erfährt Odette, dass es das Bett Richelieus gewesen sei, eine Auskunft, die nicht imstande ist, ihr dieses schmale Bett aufregender zu machen.

Es ist nicht »chic« bei Swann, kein Platz, an dem ihre »at homes«, ihre Teezeremonien *à la mode* vorstellbar wären. Bei einer Freundin, sagt Odette zu Swann, sei auch alles »de l'époque«. Und als Swann sie fragt: »Aus welcher?«, antwortet Odette, »mittelalterlich, mit Holztäfelung überall«. Swann ist krank nach dieser Halbweltfrau mit ihrem Tea-Time-Englisch, nach dieser Zeitgeistfigurine.

Die Rolle der Odette spielt die Italienerin Ornella Muti. Sie ist eine vollkommene Vorstadtschönheit. Ihr Gesicht besteht, ohne Kulturattribute wie »nervös« oder »edel« zu erfüllen oder sonst einen optischen Tiefgang, aus wunderbaren Einzelheiten: aus aggressiv, schräg aufwärts wachsenden Augenbrauen, aus weitstehenden, langen gelbgrünen Augen, aus einer zugunsten des provozierenden Mundes unauffälligen Nase. Sie hat von Natur aus blasslila Schatten unter den Augen, die sie immer etwas übernächtigt aussehen lassen. Sie kann bedenkenlos lange mit offenem Mund lachen, wobei auch die Intaktheit ihrer Backenzähne sichtbar wird.

Die Garderoben und die Organisation liegen in einer sich über mehrere Etagen ausdehnenden Nachbarwohnung. Vor hundertneunzig Jahren wohnte hier die literarisch begabte und auch anerkannte Prinzessin Constance-Marie de Salm-Dyck. Heute gehört die Wohnung einem Pariser Traumatologen, Professor Lemaire, der dem Schlöndorff-Team für zweitausendachthundert Franc am Tag ein paar Wirtschaftsräume vermietet hat. Die beschleunigte Atmosphäre, die von den Filmleuten ausgeht, dringt jedoch nicht bis in die Salons. Lemaire hat sie restaurieren lassen, jeder Hocker »de l'époque«, sogar die Duftkräuter in einer Sèvres-Schale. Lemaire selber bewegt sich mit einer benutzungsfeindlichen Sorgfalt zwischen seinem Eigentum. Und die Vorstellung fällt schwer, wo er, seine distinguierte Frau und seine beiden sanften Kinder die Teetassen absetzen werden, die der schwedische Butler Pierre – mit Schürze über hautengen Dienerhosen – aus der Teeküche bringt, die jetzt das Regiebüro ist. Den finanziellen Atem für Residenzen wie diese haben heute fast nur noch Apotheker und Ärzte.

Eines der Lemaire'schen Kinderzimmer ist Ornella Mutis Garderobe. Über sieben Stunden steckt sie in der Korsage, die so eng geschnürt ist, dass sie nur rauchen kann. Es sei denn, sie würde wie ein Kolibri mit einer Pipette gefüttert. Schlimmer jedoch als das ununterbrochen eingepresste Herumsitzen sei ein vorübergehendes Lockern der Verschnürung. Denn dann, sagt sie, tue es, sobald sie wieder ins Kleid zurück müsse, doppelt weh. Den Hauptschmerz empfinde sie abends auf ihrem Bett im *George V.*, wenn die Eingeweide wieder ihre natürliche Lage einnehmen.

Ornella Muti hat eine baltische Mutter und spricht ein sinnlich angerauhtes, etwas krächzendes Deutsch. Die Odette ist thematisch ihre seriöseste Rolle, auch die, in der sie am meisten bekleidet ist. Boulevardblätter nannten sie schon »die schönste Frau der Welt«, was ihr keine Zumutung ist, doch etwas lächerlich und in einer Beziehung sogar nachweisbar falsch, da sie keine feinen Gelenke habe. Sie ist beim Film, weil sie schön ist und ihre totale Appetitlichkeit nie an eine überflüssige Enthüllung denken lässt. Unvorstellbar, dass sie in einem Anfall von künstlerischem Todernst den Büstenhalter ausziehen würde, wenn das, was sie zeigen müsste, nicht schön wäre.

Ornella Muti fürchtete sich etwas vor dem gigantischen Renommee dieser Liebesgeschichte von Proust, vor der Ambition des Films, der ja fast ohne Handlung ist, immer nur psychologische Momente hat mit dem Nervtöter Swann, dem vor lauter Eifersucht die Augen täglich tiefer in die Höhlen fallen. Sie hat nur das Drehbuch bei sich liegen, nicht wie Swann-Irons noch eine kleine Handbibliothek. Sie ist keine Diskutierschauspielerin, die den modernen, feministischen Aspekt der Odette beim Abendessen abklären will. Über die dosierte Hingabe dieser Frau ist weiter auch nichts zu bereden: Sie tut gut daran, diesen kulturverdorbenen Mann in Unruhe zu halten, denn er kann nur durch die Stimulanz des Misstrauens lieben. Das ist der Muti wirklich nicht zu hoch.

Auf einem Fest, das Jeremy Irons in der Mitte der Drehzeit für die Filmbeteiligten gab, saß Ornella Muti meistens in ihrer Ecke. Die jungen Männer der Technik, die Chauffeure und Assistenten trauten sich nicht, um untereinander nicht als Opportunisten zu gelten, mit ihr zu tanzen. Und da es ein Fest für das Team war, nahm die Muti das wörtlich und setzte sich nicht in die oberen Räume ab, wo die Proust-Zirkel zugange waren, wo der Gaumont-Generaldirektor Daniel Toscan de Plantier wie Doktor Frankenstein über die körperlichen Zutaten zur Herstellung eines weiblichen Stars redete, wo der Geburtstag einer Rothschild-Frau begangen wurde, wo Schlöndorff in seiner kartonhaft trockenen Art den Ausstatter wissen ließ, dass er das Bett der Odette atmosphärisch paradiesischer und gleichzeitig billiger haben wolle.

Als Ornella Muti unter der Obhut ihres römischen Friseurs zurück ins Hotel gegangen war, erschien plötzlich Hanna Schygulla in Begleitung des Drehbuchautors Jean-Claude Carrière. Der Vermieter des Hauses, in dem dieses Fest stattfand, ein Monsieur

Cassegrain, reagierte wie von der Tarantel gestochen, indem er Flasche um Flasche Champagner auffahren ließ. Denn jetzt, mit der Schygulla, war wirklich Film in seinem Haus. Auch Schlöndorff kippte fast in eine Kameradenseligkeit hinein, die alten Zeiten, das undankbare Deutschland, das Gefühl der Franzosen für eine Frau wie die Schygulla, ungesagt natürlich auch für ihn.

In Frankreich, so könnte diese Stimmung gedeutet werden, sitzen die fähigen Deutschen wirklich im Speck der Reputation. Währenddessen lehnt Hanna Schygulla mit gerecktem Gesicht am Buffet, mit ihrem informierten Lächeln und dem immer geraden Blick, als müsste sie das biblische Unwetter auf dem See Genezareth im Auge behalten. Und im Vertrauen gesagt, sagt Schlöndorff, wäre die Schygulla seine »Traum-Odette« gewesen. Doch da war der Himmel vor.

In der Ortschaft Montfort-l'Amaury bei Versailles lebt in einer kleinen Villa Céleste Albaret, die von 1913 bis zu seinem Tode am 18. November 1922 Marcel Prousts Haushälterin war. Sie ist zweiundneunzig Jahre alt. Ihre Gebrechlichkeit, während sie ins Wohnzimmer tritt, legt sich mit dem Moment, wo sie sitzt und ins Erzählen kommt. Man muss sich in die schleppenden Übergänge ihres Sprechens einhören, danach aber, obwohl das zu sagen unhöflich ist, erlebt man ein Wunder an Wachheit, Frechheit und erinnerten Details.

Es scheint ihr Lebenselixier zu sein, immerzu Leuten Dinge über Monsieur Proust mitzuteilen. Ein Übel, das sie aber nur lächeln lässt, sind die Herrschaften, die der gesellschaftlichen Schicht von Monsieur Proust angehören und ihr die Lebensnähe zu ihm missgönnen; die eifersüchtig sind auf das Zahnpulver, das sie ihm nachts, wenn er ausging, vom Revers wegwischen musste.

Es ist kein Verfolgungswahn einer alten, sich wichtig nehmenden Frau. Nicole Stéphane de Rothschild, die Besitzerin der Filmrechte, fände die Wahrheiten der Albaret auch besser unter Verschluss. Als wäre es Wissen in einem unbefugten Kopf; als fehle diesem Kopf oder diesem Gehirn ein Wahrnehmungshelfer aus den gebildeten Kreisen, der Prousts Bedürfnis nach einer Wärmflasche noch eine andere Deutung gibt als die, dass ihm kalt war. Schließlich erzählte er keiner Comtesse auf keinem Diner im *Ritz*, dass, »nachdem er dreitausendmal gehustet habe, seine Bronchien wie gekochter Gummi seien«.

Céleste Albaret bemutterte einen durch Asthma, Koffein, Adrenalin, Morphium und Veronal geschwächten Riesen. In dieser Aufzählung bestätigt sie nur das Asthma, gegen das er seine täglichen Räucherungen mit dem »Poudre Legras« unternahm. Er habe nach seinem Erwachen gegen vier Uhr nachmittags den Puder auf einer Untertasse angezündet, und die Luft in dem ohnehin überheizten Zimmer sei zum Schneiden dicht gewesen. Danach klingelte er nach ihr und wollte seinen Milchkaffee. Da Krieg war und sein bevorzugter Bäcker Soldat hatte werden müssen, nahm er auch kein Croissant mehr zu sich.

Für sie war es der Milchkaffee, der Monsieur Proust wachmachte. Und wenn er bei Kräften schien, war es die Seezunge, die sie ihm gebraten hatte und an der er wie eine botanisierende Ziege herumpflückte, damit Céleste den Eindruck gewinnen konnte, er habe davon gegessen. Von dem chemischen Wettstreit zwischen dem beschleunigenden Adrenalin und dem Schlafvollstrecker Veronal, der gegen seinen Tod hin immer schärfer wurde, weiß sie nur die Symptome, die sich ihr mitteilten: sein ständiges Frieren zum Beispiel, gegen das sie ihm bis zu fünf Pullover um die Schultern legen musste, die ihm dann nach unten rutschten »und in seinem Rücken einen Lehnstuhl ergaben«.

Sie war immer gefasst auf seinen plötzlichen Wunsch nach geeistem Bier, das nur aus dem *Ritz* sein durfte und zu jeder Stunde der Nacht von ihrem Mann Odilon, Prousts Chauffeur, dort besorgt werden konnte. In dem Oberkellner des *Ritz*, einem Basken namens Olivier Dabescat, hatte Proust eine Art Zuträger, den er dafür bezahlte, in Gespräche hineinzuhören, sich für ihn die Pointen und Zwischenfälle eines Abends zu merken. Olivier ließ ihn auch wissen, wenn wieder Militärpolizei aufgetaucht war, die gegen Kriegsende »nach männlichen Dinergästen mit heilen Gliedern« Ausschau hielt. Denn der von Krankheit gezeichnete Proust mit seinem »Gesicht von der Farbe im Keller gebleichter Endivien« dachte ernsthaft daran, im *Ritz* als Deserteur verhaftet werden zu können.

Wenn Proust nach einer Hustenattacke zum Reden zu schwach war, schrieb er seine Wünsche in einer weitschweifigen, durch Freundlichkeiten gemilderten Befehlsform auf einen Zettel. In Nächten, in denen er von einer Gesellschaft heimkehrte oder auch aus einem Männerbordell, erzählte er seiner Haushälterin bis zum Morgen seine Erlebnisse. Dabei bat er sie nie, sich hinzusetzen. Sie habe, sagt Céleste Albaret, in all den Jahren nur am Fußende seines mit blauer Seide bespannten Kupferbettes gestanden. Ein Umstand, den sie auch heute nicht beklagt. So wenig wie sie die Homosexualität von Monsieur Proust bestätigt. Seine Ausflüge in diese Sphären geschahen einzig zu Studienzwecken für sein Werk. Auf seine Frage: »Was soll ich Ihnen nach meinem Tode geben, meine liebe Céleste?« habe sie in aller Naivität geantwortet, sie wolle nur die Autorenrechte seiner Bücher.

1913 erscheint im Verlag Grasset der Roman *In Swanns Welt*, in dem »Eine Liebe von Swann« ein Teil ist. Proust hat das Buch auf eigene Kosten verlegen lassen. Die Kulturredakteure der Pariser Zeitungen bittet er, bei Rezensionen die Wörter »zart« und »subtil« zu vermeiden.

*Kleine Schreie
des Wiedersehens*

Es war die Rede davon, dass alle immer in Schwarz kämen, die Redakteurinnen der dicken glänzenden Magazine, ihre Blattgestalter, Fotostylisten, deren jeweilige Assistenten, die Wortberichter und Meinungsschreiber, die Ideendiebe und Tragbarmacher, die Einkäufer aus Tokio und den USA.

Also immer der schwarzen Flut nach unter den Arkaden der Rue de Rivoli. An der Rue de Marengo stoppt die Flut, bis ein Polizist sie rechts über die Straße winkt. Die Flut springt hinüber vor den großen, gelben Baldachin an der Porte Marengo des Louvre, wo sie sich verliert, weil hier alles schon schwarz ist. So schwarz wie ein Mohnfeld rot ist, das heißt, auch ein paar Kornblumen stehen dazwischen.

Kleine Schreie des Wiedersehens, Prét-à-porter in Paris. Über allen Begrüßungen liegen die Altstimmen der Italienerinnen; neben jeder Wange ein in die Luft gedrückter Kuss, wobei der Blick der Küssenden und der nicht wirklich Geküssten schon anderswo am Kontaktieren ist; lächelnd hinübernicken und in Erwartung des zurückkommenden Lächelns zur Seite sagen: »Das ist eine ganz Böse!« Doch auch die herzliche Begegnung hat ihre festen Zeiteinheiten, bevor sie fahrig wird und beide Partner wieder frei sein wollen, um anderen Personen zu begegnen.

Weil die Mode so flüchtig ist, bedient sich der weibliche und männliche Habitué, dieser hier vor dem gelben Baldachin versammelte Menschenschlag, nur ihrer Akzente. Hinzu kommt, dass für ein striktes Befolgen der Mode der Habitué oft nicht mehr jung und schmal genug ist. Beides sind Gründe für seine modisch moderate Erscheinung.

Der bevorzugte Akzent des Habitués ist der Schal. Dieser ist meistens schwarz, manchmal zyklamrot oder beidseitig das eine und das andere und immer aus dem willfährigen Kaschmir, der selbst bei dreifädigem Volumen sich wickeln und knoten lässt wie Mull.

Selten liegt der Schal auf dem kürzesten Weg so um den Hals, dass er nur wärmt. Häufig wird er wie die Capa eines Toreros nur auf einer Seite getragen. Manchmal spannt er sich wie der Tragegurt eines

Klavierschleppers oder die Armschlinge eines Invaliden von der linken Schulter diagonal über den Rücken und endet in einer satten Quaste auf dem rechten Rippenbogen. In seiner anspruchsvollsten Drapierung bildet der Schal einen Blütenkelch. Zyklamrot und sehr halsfern liegt er dann mit dem Gestus verwelkender Außenblätter auf dem Mantel und zwingt den Kopf seines Trägers in die Rolle der Mittelknospe.

Unterhalb dieser Mutproben ist der Habitué rigoros praktisch gekleidet. Was ihn zum kennerischen Ignoranten der Mode macht, ist ein schwarzer Kaschmirmantel. Da es aber auch im inneren Zirkel der Ignoranten eine Mode gibt, ist dieser Mantel meistens datierbar und stammt aus einem der hart empfohlenen Häuser. So ignorieren auch die Ignoranten nie wirklich. Vielmehr sind sie bei aller persönlichen Modemattigkeit eine doppelt scharfe Jury ihresgleichen.

Die Eigenschaft, gelassen unmodisch zu sein, kann es für den Habitué nicht geben. Denn jeder Verzicht auf deutliche Mode bildet für ihn die Nische einer Nebenmode. Wer vor dem gelben Baldachin im schweren Ulster seines Vaters steht, ist deshalb nicht unschuldig, sondern kontrazyklisch. Wer den Kleppermantel eines Landvermessers trägt, kann auch dann, wenn es regnet, kaum noch behaupten, er habe ihn für dieses Wetter sich nur ausgeliehen.

Denn längst ist sein Mantel als kühne Abweichung erkannt.

Es gibt kein Entrinnen aus der Mode. Wer in morgendlicher Benommenheit mit dem rechten Fuß in den linken Schuh geschlüpft ist oder umgekehrt und gelangt so vor den gelben Baldachin, könnte für einen schöpferischen Menschen gehalten werden. Denn alles wird in Absicht verkehrt, auch das Versehentliche. Doch nicht jedem wird im Radius der Modeleute eine Abweichung zugestanden. Wer das gesicherte schwarze Mittelfeld verlässt und den Habitué nicht rühren, sondern seinen Respekt haben will, muss eine Persönlichkeit des Milieus sein.

Alle Bedingungen, eine solche Persönlichkeit zu sein, erfüllt die Modejournalistin Anna Piaggi aus Mailand. Ihre dem Milieu bekannte Freundschaft zu dem Couturier Karl Lagerfeld rangiert um Grade höher als die anderer, ebenfalls auserwählter Modejournalistinnen zu ihm. Anna Piaggi gilt als seine Muse. Sie ist eher klein und hat eine arabisch große Nase, die ihr Gesicht vor einer vergänglichen Lieblichkeit bewahrt. Einen Anlass, ihr Alter zu raten und sich dabei untertreibend zu überbieten, gibt sie nicht. Sie ist die Inkarnation der Abweichung.

Im Pulk der schwarzen Mäntel steht sie im grünen Reitkostüm der Belle Époque zu lila Knöpfstiefeletten; auf dem Kopf eine Mütze aus Bast, deren schräg aufsteigender Schirm die Größe eines Ruderblattes hat. Eine Hand umfasst den Jadeknopf eines Kavalierstockes; die andere liegt auf dem Unterarm ihres Begleiters. Ein Begleiter ist unerlässlich für Anna Piaggi, da er ihr die profaneren Dinge tragen muss, die geräumigen Beutel und den Schirm an dem Tag, wo ein Stock die Nuance ihrer Ausstattung bildet. Sicher wird der Begleiter sie auch vor Behelligungen schützen müssen. Denn Anna Piaggi läuft mit dieser Bastmütze und einer Turnüre unterm Reitrock auch weitab vom Modegeschehen an der Porte Marengo durch die Straßen. Und dort gibt sie Rätsel auf; selbst in Paris, wo alle Spielarten ethnischer Kostüme zum Bild gehören.

Ihr Kleiderfundus, wird erzählt, fülle drei Stockwerke in ihrem Mailänder Haus. Und wenn sie Mailand nur für drei Tage verlasse, nehme sie vier Schiffskoffer voller Sachen mit, die Hutschachteln nicht gerechnet. Und am Zielpunkt ihrer Reise dann würde sie gar nicht jeden Koffer öffnen. Das ganze Gepäck werde nur für die Eventualität einer modischen Stimmung geschleppt.

Mit ihrer dreisten Verquickung der Stile, der Unerhörtheit, mit der sie eine englische Tropengamasche als Abendhandschuh überzieht und auf der Duchessebluse von Jacques Fath ein bretonisches Bauernmieder trägt, kann Anna Piaggi auf das umfassende Einverständnis der Modeleute zählen. Ihre Abweichungen liegen über der Norm einer Abweichung. Sie gelten als sakrosankt und entziehen sich dem Urteil der Meute, die den Daumen einmal senken und das Missraten eines Auftritts feiern möchte.

So bleiben nur die Kühnheiten der Amateure übrig, die melierte Schafwollsocken zu einer Leopardenhose kombinieren, darüber einen Bratenrock zu einem Jakobinerhut. Und neben ihnen der streng schwarze Block der Japaner unter den schweren, tiefblauen Haaren. Da sie bei eher kleiner Gestalt meistens extrem weit gekleidet sind, sehen sie wie kompakte dunkle Würfel aus.

Unter das Gewölbe der Porte Marengo führen zwei Gassen aus enggestellten Straßensperren. Polizisten in halben, dunkelblauen Pelerinen prüfen die Einladungen. Auf diese erste, mit dienstlicher Miene vollzogene Kontrolle folgt eine zweite durch junge Frauen, die die Handtaschen nach Waffen durchsuchen müssen. Und entsprechend ihrer viel intimeren Pflicht bitten die jungen Frauen lächelnd um Entschuldigung und heben, ohne in der Tiefe zu stöbern, den Tascheninhalt nur ein wenig an.

Hinter der Porte Marengo, in der Cour Carrée des Louvre, finden die Schauen statt. Hier sind drei weiße Zelte aufgeschlagen, deren Eingänge Lorbeerbäume in Kübeln flankieren, und wieder Absperrgitter, vor denen sich neue Begrüßungen fügen. Der Einlass in die Zelte geht etappenweise vor sich. Den Vortritt haben die Chefredakteure internationaler Modemagazine, der französischen Frauenzeitschriften und die Einkäufer der Fifth Avenue. Dieser Personenkreis mit seinem fast steckbrieflichen Bekanntheitsgrad soll noch vor dem Schieben der Menge seine Plätze einnehmen können. Es sind natürlich die besten Plätze, die erste Reihe frontal zum Laufsteg oder gleich in der Kurve des Hufeisens. Mister Fairchild von *Women's Wear Daily* hat in der Mittelachse den mittleren Stuhl, sitzt also im Fadenkreuz der langen, auf ihn zueilenden Beine.

Das Platzieren der Modeleute, sie auf einen Stuhl zu bitten, der ihren oder den Namen ihrer Zeitung trägt, ist ein delikates Amt. Denn ein objektiv guter Platz wird im persönlichen Empfinden zu einem schlechten, wenn davor jemand sitzt, den man selber hinter sich platzieren würde. So liegen die Selbsteinschätzung und der zugewiesene Stuhl oft um Reihen auseinander. »Ich sitz' in der dritten, das zahl' ich dem heim!«, hört man eine Männerstimme sagen.

Wie eine tafelnde Ritterrunde nehmen die Fotografen die Ränder des Laufstegs ein. Auf ihren Metallkoffern sitzend, jeder vor seinem markierten Platz, legen sie die Apparate ab und gestatten sich eine kurze Ruhe vor dem Defilee. Dann verlöscht im Zelt das Licht. Jemand sagt: »Ach, es geht los, dann sind die Chefredakteurinnen von *Marie-Claire* schon eingetroffen«, zwei distinguierte, streng gekämmte Damen. Auch die Kommentare über die Einkäuferin von Bergdorf & Goodman, 754 Fifth Avenue, verstummen in der Dunkelheit. »Diesmal«, wurde über sie gesagt, »versucht sie den Look von Lauren Bacall.« Die Einkäuferin trägt eine helle Hemdbluse mit halbem Arm.

Ein Herr kommt zu spät. Er will auf den vierten Stuhl einer Reihe, in der alle in bestmöglicher Bequemlichkeit sich schon ausgebreitet haben. Der Herr muss die Knie übersteigen, auf denen die Notizblöcke schon aufgeschlagen sind; er tritt in abgestellte Handtaschen, reißt die Schals von den übergeschlagenen Mänteln der Vorderstühle und sagt, sich endlich niederlassend, zu seiner Nachbarin auf dem dritten Stuhl: »Frau Mohr, ich bin nicht so schlank wie Sie, obwohl ich viel mehr hungere.«

Auf der Bühnenwand erscheint der Name des Couturiers. Die Musik setzt ein, und wie von Katapulten geschleudert rasen die Mannequins schon auf ihrer Bahn. Sie sind aller Gangarten mächtig. Als würden sie gezogen oder vom Wind gedrückt, treiben sie in den Applaus hinein. Bei jedem Schritt drehen sie ihre Füße auswärts, als müssten sie ein Insekt austreten. In einem schlingernden Vorwärtsbewegen ahmen sie die Kontraktionen einer Schlange nach, die ein Beutetier aus der Rachenzone in die Tiefe würgt. Dazu bringen sie ein Lächeln aus den Kulissen mit, als wirke eine unglaubliche Geschichte in ihnen nach. Die Fotografen stellen sich quer zum

Laufsteg und biegen ihren Oberkörper seitlich tief herunter für ein frontales Bild. Dabei will jede Schulter, als hinge sie aus dem Beiwagen eines Motorrades, die andere an Reichweite überragen. Die Moderedakteurinnen machen in großen gehetzten Buchstaben ihre Notizen. Nach den Attacken ihrer Filzstifte muss es ungeheure Neuigkeiten geben. Sie bringen simultane Skizzen zu Papier, indem ihre Striche das Übertriebene noch einmal übertreiben.

Da der weibliche Körper, außer dass er gestreckt oder gedrungen, breit oder schmal sein kann, immer gleich ist; da keine Frau einen geflügelten Rücken hat, weder über ein drittes Bein verfügt noch über den Stützschwanz eines Kängurus, auf dem sie sich schnellend fortbewegen könnte, muss die Mode eine ewig unveränderte Anatomie hofieren. Die Arme brauchen Ärmel, der Rumpf ein geschlossenes oder zu schließendes Futteral, und zumindest das obere Drittel der Beine möchte bedeckt sein. Innerhalb dieser Bedingungen hat sich der Modeschöpfer einzurichten.

Würde der Modeschöpfer die Unterseite eines Kartons mit Löchern versehen, um die Beine einer Frau hindurchzustecken, wäre der Karton dem Wesen nach eine Hose. Ein zur Brust hin offenes Kleidungsstück mit Ärmeln könnte aus Brotteig gebacken sein; es wäre dem Wesen nach eine Jacke. Der Modeschöpfer kann dem Mannequin einen Melkschemel um die Hüften binden, um dem Rock das Traditionelle zu nehmen; ein neues Kleidungsstück hat er dadurch nicht erfunden. So bleibt jeder Entwurf, auch der entlegenste, den alten Gattungen von Hemd und Hose, Kleid und Rock, Mantel und Jacke verpflichtet. Der Modeschöpfer hat das gleiche Problem wie der Designer eines Löffels. Soll der Löffel für die Suppe taugen, kann er nur geändert, doch nicht neu geschaffen werden. Immer braucht er eine Kelle und einen Stiel.

Der vorgeführten Mode gibt die Musik einen akustischen Halt. Zum Katzenschreiten der Mannequins ist beschleunigtes Trommelrühren bei versiegender Melodie zu hören. Großkatzen scheuchen ihre Opfer über den Laufsteg. Letztere tragen kleine Lammfellglocken als Miniröcke. Plötzlich haben sich Katzen und Lämmer in schiefergraue Diakonissen verwandelt. An ihren Ohren hängen Aluminiumkreuze. Auch auf dem nackten Busen unter Gaze liegt ein Kreuz. Den weißen Schürzen nach muss es ein dienender Orden sein, das Personal einer Krankenstation. Doch gnade Gott den Kranken, wenn sie ein anders Leiden als das des Masochismus haben. Diese Geschöpfe durchmessen nur als Verwirrungsstifterinnen den imaginären Saal voller Betten. Es sind Hospitalsirenen, aufreizende, kalte Schwestern, die jedes Wimmern überhören, allen voran die überlegen schönen Negerinnen.

Da es an acht aufeinanderfolgenden Tagen vierundfünfzig Modenschauen gibt, wobei einige nicht in den Zelten sind, sondern im *Grand Hôtel*, in den Stammhäusern der Couturiers, in Theatern, Messehallen oder im Cirque d'Hiver, müssen die Modeleute ein erschöpfendes Hakenschlagen durch Paris absolvieren. Dieser Zumutung entzieht sich der Habitué. Mit seiner über viele Jahre gesättigten Erfahrung weiß er, wo er sich langweilen wird. Couturiers mit einer bourgeoisen Stammkundschaft inklusive auswärtiger Königshäuser und Emirate interessieren ihn nicht. Denn dort rangieren vor jedem Wagnis die figürlichen Rücksichten und die Pastelltöne von Konditoreiglasuren.

Dorthin geht er auch dann nicht, wenn im großen Salon des *Grand Hôtel* an der Rue Scribe, unter der üppigsten Kuppel des Zweiten Empire, mit der Anwesenheit von Madame Guy de Rothschild, Marie-Hélène, Madame Elie de Rothschild, Liliane, den Prinzessinen von Kent und Fürstenberg und Paloma Picasso zu rechnen ist.

Im *Grand Hôtel* lässt Jaqueline Vicomtesse de Ribes ihre Mode vorführen. Als junge Frau, sagen gute Stimmen, als sie noch keine Kleider machte, habe sie die Prominenten, die jetzt auf ihren besten Stühlen applaudieren, alle schon gekannt. Die bösen Stimmen sagen, ein Teil der Prominenz sei gemietet über Madame Dumas, jene Pariser Agentin, die auch den Herzog von Orléans unter Vertrag habe.

Das Publikum bei Jaqueline de Ribes scheint weniger berufstätig zu sein als das in den Zelten. Ihrer kosmetischen Frische nach können die Frauen nicht von anderen Terminen kommen, sondern müssen direkt von ihren Schminktischen zum *Grand Hôtel* aufgebrochen sein. Alles ist untadelig an ihnen, nichts glänzt außer den Haaren und den Lippen. Ihre Schlankheit unter den schmalen Kostümen lässt keine Mühe vermuten, eher eine strikte Unlust, mehr zu essen als einen Artischockenboden und die Filetstreifen einer Seezunge. Auf ihren Seidentüchern von Hermès tragen sie die Fauna Französisch-Afrikas spazieren, wobei, je nach Drapierung, ein Gazellenhorn sich ihnen in die Brust einbohrt oder der Huf eines Zebras ihnen gegen die Kehle schlägt.

Für dieses Pandämonium der Pariser Damenhaftigkeit zählt in der Mode nur, was persönlich kleidsam ist. Eine Ausnahme bildet das Brautkleid am Ende des Defilees. Es muss nicht praktikabel sein, da der Moment vor dem Altar bei allen längst vorüber ist. Wie eine Scheuklappe wächst dem Kleid ein Kelch aus der Taille bis hoch über den Kopf, als müsse die Braut gegen einen plötzlichen Sinneswandel abgeschottet werden.

Häufig besteht das Sensationelle einer Modenschau nicht aus der eigentlichen Mode. Denn stärker oft als die Kleidungsstücke selber bleibt ihre Inszenierung in Erinnerung. Die Mode liefert, um es überzogen auszudrücken, nur noch den Vorwand für ein neues Unterhaltungsfach.

Yamamoto lässt scharfgebündeltes Licht aus der Kanone schießen; Leuchtturmkegel suchen die Zuschauerköpfe ab; glühende Finger stochern in der Dunkelheit des Zeltes, und über den Laufsteg fegen Mannequins, die in den Händen Bergkristalle schwenken. Gegen diese Salven, Streifen und Splitter aus Licht können sich gerade drei Abendkleider im Gedächtnis halten. Unter schwarzem Chiffon, nur minimal entrückt, zeigen sie das nackte Gesäß ihrer Trägerin samt seiner Schlucht. So sitzt auch jemand, dem die Mode nichts bedeutet, keine öden Stunden ab.

Die Modenschau als Spektakel kennt keine zivilisatorischen Hemmungen. Musettewalzer, Kosakenchöre, Tiefflieger, Hummelflug, Apokalypsen aus dem Synthesizer, Peer Gynt, Schulbeginn in den Karpaten, Kirchgang in Harlem, Bad Fuschl und Córdoba auf ein und demselben Kragenspiegel, Stille Nacht, Spieluhrfrieden, chinesisches Bänderwerfen zu bulgarischen Schultertüchern, x-beinig gesetzte Füße in Haferlschuhen, im Jankerl König Ludwigs Wahnsinnsposen zu Jodlern und Zither, schwarzgrüne Bersaglierifedern als Hecke um das Dekolleté, karierte Gangstersakkos zu erregten Schubertliedern, rollende Handtaschen an der Hundeleine, weiße Tauben in einer Rotbuche mit bemoostem Fuß, Schneetreiben mit vermummten Kindern und schwarzem Ziegenbock – es ist ein grenzenloses Potpourri.

Bei Chloé, während eines Defilees grauer Flanellkostüme im Stil der Dietrich, wird laut nach Josef von Sternberg gerufen. Dann verebben diese Rufe im Potsdamer Glockenspiel, das seinerseits verklingt in einer abstürzenden Zigeunergeige. Darauf kündet sich ein Unheil an mit süßen Kirmestönen, und jeder glaubt, gleich kommt der Mörder und schnappt sich so eine Kindfrau im ausgereizten Kleid. Bei Claude Montana werden wie beim Kraftsport Entlastungsschreie ausgestoßen und die harten Signale von Hirten, die über Berge hinweg sich zu verständigen suchen.

Zwischen diesen Polen aus weichen und outrierten Tönen, feierlicher Eleganz und abseitigen Entwürfen, die im Glücksfall mit einer begeisterten Empörung rechnen dürfen, entfaltet sich die Kunst der Mannequins. Wenn sie als Herrin schreiten, hat es den Anschein, als ob eine Gasse sich vor ihnen bildet und eine Spezies plumper Gebrauchsmenschen sich rechts und links zur Seite drückt. Wenn sie als Herrin sich beeilen müssen, weil mit langen, schnellen Schritten eine Robe schöner weht, entsteht der Eindruck, sie müssten im Schloss ein vom Unwetter aufgestoßenes Fenster schließen. Und immer strahlen sie Verachtung für den Financier ihrer Kleider aus. Auch als Luder mit ausschlagenden Hüften zeigen sie einen unverhohlenen Stolz auf seinen Ruin. Mit einem somnambulen Lächeln tragen sie Schwangerschaften in Empirekleidern vor sich her, über dem hohen Leib die Hände gefaltet. Sie schneiden Fratzen im Spiegel einer Puderdose und verwandeln den langen Laufsteg in einen schläfrigen Serail.

Als pantomimische Vollstreckerinnen bitten sie auch in einem lächerlichen Aufzug nie um Gnade. Sie setzen auf die Tugend des Geldes, da die Schönsten unter ihnen 7000 Mark pro Schau verdienen und bis zu viermal täglich laufen. Auf alles sind sie gestisch eingerichtet, auf Himmel, Hölle, Jüngsten Tag samt Gotteslästerung. Bei Thierry Mugler singt ein Kathedralenchor »Hosianna in excelsis«, dazu tragen die Mannequins abendlich gemeinte Fechtanzüge mit spitz zum Schritt verlaufendem Polsterschutz gegen den feindlichen Stich. Zu schlimmen Taten aufgelegt, drücken sie jeden Finger ihrer schwarzen Handschuhe bis zum Ansatz herunter und ziehen ihr Chiffontuch wie eine Gerte durch die schmal gemachte Hand.

Aus grünen Dämpfen löst sich die Belegschaft eines Höllenbordells unter den Bittgesängen von Mönchen. Dominas im Passgang mit geballten Brüsten und mahlenden Hinterbacken tragen Handtaschen in Form eines Flammenblocks oder eines Backenzahns, Kokainelfen schleifen Schwänze unter rückwärts geknöpften Smokingjacken und reißen plötzlich ein Bein zur Schulter hoch. Beim Agnus Dei schleicht Maria Stuart zum Schafott. Die Henkerstöchter ziehen am Schößchen ihres Tailleurs und freuen sich auf das arme Weib, dem Ambulanzsirenen noch Rettung versprechen. Doch das Requiem hat schon eingesetzt, gefolgt von Knabenstimmen zu Ehren einer weißen Braut.

Das modisch Brauchbare an dieser blasphemischen Revue wird sich nur dem Kenner, dem Habitué, mitteilen. Da er überreizt und unschockierbar ist, vermag nur er zwischen den Dämpfen, den ekstatischen Oratorien und Satansschwänzen erste Anzeichen des Neuen zu entdecken, das einmal Geschmack werden könnte.

Nach seiner Modenschau zeigt sich der Couturier auf dem Laufsteg. Für einige geht der Beifall dann in Ovationen über. Nicht allen wäre auf der Straße anzusehen, was sie sind. Yves Saint Laurent geht die Bravos wie ein schlechtbezahlter Zeichenlehrer ab und Christian Lacroix wie ein gutgelaunter Koch, während Karl Lagerfeld als gesättigter kleiner König, der sich soeben die Serviette abgebunden hat, durch den Jubel läuft. Und wie ein neidloser Harem einen Geliebten, feiern auch die Mannequins den Modeschöpfer. Es ist ein mörderisches Fach, dem hier gehuldigt wird. Zweimal im Jahr muss es mit einer Neuheit auf die Bühne, zumindest muss es imstande sein, den Charakter einer Neuheit vorzutäuschen.

Wer den Modeschöpfer kennt oder über ein freches Naturell verfügt, verschwindet nach dem Defilee hinter der Bühne, wo es Champagner gibt. Auch der allem überdrüssige Habitué findet sich ein. Um seiner Neugierde keine Blöße zu geben, versucht er sein Dabeisein mit Kühle auszustatten. Er steht abseits mit seinem Glas und wartet, bis sich der Pulk der Gratulanten lichtet und die tobenden Audienzen nicht mehr so beliebig sind. Erst dann geht er frontal auf den Modeschöpfer zu, damit dieser die Hand schon nach ihm ausstrecken und ihn beim Vornamen nennen kann.

Hinter einsehbaren und lose zu Kabinen gefügten Stellwänden ziehen sich währenddessen die Mannequins um. Sie lassen sich aus den Modellen helfen und bewegen sich in ihrer Nacktheit so sachlich, als ob sie ein Berufskittel wäre. Zwischen den riesigen Mädchen wimmeln die Assistenten wie kleine Maschinisten. Unter den Handgriffen der Coiffeure, die die getürmten Frisuren jetzt einebnen müssen, kommen die knochenzarten Köpfe der Äthiopierinnen wieder zum Vorschein. Die Negerinnen, deren hohe Hintern jedes Abendkleid ironisieren, zerren sich ihre Strumpfhose hüpfend in Passform. Und plötzlich stehen alle in ihrer ursprünglichen Schönheit und ohne berufliche Gesten unter den anderen Leuten.

Das Erlebnis von acht Tagen Mode flacht gegen Ende zu einer geräuschvollen Eintönigkeit ab. Dann freut sich jeder über einen Zwischenfall wie diesen:

Im Hotel Inter-Continental an der Rue de Castiglione, Ecke Rue de Rivoli, in dem viele Modeleute wohnen, wurde die Suite eines Scheichs von dessen Jagdfalken zerhackt.

Marie-Luise Scherer
und »Die Bestie von Paris«

Nachwort
von Martin Mosebach

Man könnte meinen, dass Unauffälligkeit bis zur Unscheinbarkeit die ideale Eigenschaft eines investigativen Reporters sei – dass man am besten gar nicht richtig wahrnehme, dass er anwesend sei, während er die Ohren spitzt und notiert, was alles getan und gesagt wird, als gäbe es keine Zeugen. Aber so sollte man sich Marie-Luise Scherer nicht vorstellen. Wo sie auftrat, war sie unübersehbar. Ihre Eleganz war klassisch und wurde noch gesteigert durch ihre wilde Mähne, die weit entfernt davon war, eine »Frisur« zu sein. Augenblicklich begann sie zu reden, wie es Leute tun, die andere Menschen nur als Publikum betrachten, aber wer glaubte, er sei von ihr nicht wahrgenommen worden, der täuschte sich. Es war, als wolle sie mit ihrer geräuschvollen Anwesenheit die andern nur davon ablenken, dass sie sich längst auf dem Prüfstand befanden. Von dem, was um sie herum vorging, hatte sie alles, aber wirklich alles gesehen, klassifiziert und gespeichert.

Rudolf Augstein hatte sie als junge Frau der Redaktion des SPIEGEL vorgestellt: »Sie ist völlig ungebildet, aber gucken kann sie.« Das war flott formuliert, jedoch unvollständig. Dass sie »gucken« konnte, bewies die junge Reporterin sehr schnell, und sie erhielt in einem Magazin, das wenigen gestattete, aus der Anonymität herauszutreten, schon bald das Privileg, ihre Stücke mit ihrem Namen zu zeichnen. Was die vermeintliche »Unbildung« angeht, war Augsteins Urteil hingegen vorschnell. Wenn es eine Kategorie gibt, die mit der »Bildung« beinahe identisch ist, dann ist es der Geschmack – ungebildeten Geschmack gibt es nicht. Den Sinn für Angemessenheit, Richtigkeit, Reinheit, die Abneigung gegen Sentimentalität und falsche Töne – was alles zu dem nicht leicht zu definierenden »Geschmack« dazugehört – war ihr im höchsten Maß zu eigen.

Es kam schließlich dazu, dass ihre Reportagen aus dem Magazin-Zusammenhang mit seiner Tagesgebundenheit heraustraten; sie wurde als Schriftstellerin entdeckt. Ihre Reportagen »Der Akkordeonspieler« über einen russischen Straßenmusikanten und »Die Hundegrenze« über das Grenzregime der DDR haben eine Gültigkeit erlangt, die sehr wenige zur selben Zeit erschienene Bücher erreichen dürften.

»Die Bestie von Paris« spielt unter ihren Stücken eine Sonderrolle. Alle Menschen, von denen sie sonst erzählte, alle Fakten, von denen sie berichtete, hat sie mit eigenen Augen gesehen – nur die Akteure dieser Reportage nicht. Die jungen Mörder waren tot – der eine starb im Gefängnis durch eine Eifersuchtstat, der andere an Aids. Und die vielen Frauen, die sie getötet hatten, lagen längst unter der Erde. Ihre Untersuchungen hatten also Leerräume zu umkreisen; was geschehen war, musste sie aus dem erschließen, was nach den Mordtaten weiterexistierte. So entstand ein weit ausgebreitetes Bild eines Paris vor vierzig Jahren, vor allem des einstigen Vergnügungsviertels Montmartre, das zwischen den Varietés noch ein großes Wohnviertel war, mit zahllosen Appartements in hohen Mietshäusern. In ihren Treppenaufgängen und Innenhöfen herrschte, wenn die Portale zur Straße hin zugefallen waren, eine tiefe Ruhe. Durch diese Labyrinthe hat sie sich treppauf, treppab bewegt – mehr als einmal muss der Leser an Dostojewskis Sankt Petersburger Treppenhaus denken, in dem das Blut der Pfandleiherin unter der Wohnungstür hervorgedrungen war.

Wenn man den Beschreibungen der Marie-Luise Scherer folgt, spürt man, dass sie sich während ihrer Arbeit in einem Ausnahmezustand befunden haben muss. Es ist, als habe sie dann vergessen, dass sie dabei war, nach den Regeln journalistischer Kunst Fakten für eine Geschichte zusammenzutragen, die ihr im Großen und Ganzen bereits bekannt war. Die Morde waren doch aufgeklärt, die Mörder gefasst und verurteilt. Aber vor der Vielfalt dessen, was sich vor ihr auftat, als sie zu recherchieren begann, musste ihr Vorwissen kapitulieren. Die Details fesselten sie so sehr, dass ein vorgefasstes Konzept keine Chance dagegen gehabt hätte. Sie hat sich der Diktatur der Fakten förmlich hingegeben. Jeder sinnliche Eindruck forderte gebieterisch, registriert und benannt zu werden. Das gestattete ihr keinerlei Distanz, keine überlegene Perspektive, schon gar keine Ironie – nur Hingerissenheit von dem, was da ist und deshalb vor allem Bewerten und Urteilen steht. Man könnte vermuten, ein solch unmittelbares Sehen, das die Kritik zum Schweigen bringt, sei einem Naturzustand des Menschen entsprechend – es müsse im Grunde jedem zugänglich sein. Aber wir wissen, dass dem nicht so ist. Vielfältig sind wir in unserm ästhetischen Aufnahmevermögen konditioniert und dressiert – bevor wir wahrnehmen, wissen wir längst, was wir zu sehen und zu hören haben. Auch unser Wille kommt der unbefangenen Aufnahme der Sinneseindrücke in die Quere – wir sehen nicht nur das, was wir sollen, sondern auch das, was wir wollen. Das auszuschalten kommt einer spirituellen Übung höheren Grades gleich. Und es gehört auch der Mut dazu, sich gefährlichen Missverständnissen auszusetzen – als billige oder verteidige man gar die zum Teil haarsträubenden Vorgänge, die da so unkommentiert dargestellt werden. Das war zur Zeit der Veröffentlichung der Stücke vielleicht noch nicht ganz so gewagt wie heute, da von Autoren »Haltung« gefordert wird – gemeint ist damit eine grundsätzliche Voreingenommenheit zugunsten der im journalistischen Milieu präferierten Moralvorstellungen. Es ist kein Zweifel erlaubt: Was in diesem Sinne »Haltung« heißt, hätte gegen das Arbeitsethos der Marie-Luise Scherer verstoßen.

Ihre vorurteilsabwehrende, überwältigungsbereite Hypergenauigkeit hat gelegentlich zu einem sehr eigentümlichen sprachlichen Ausdruck gefunden. Sie schrieb keineswegs mit dem Pathos der Kälte, hinter dem sich oft genug die Sentimentalität der Empörung verbirgt. Indem sie sich jedes Urteilen verbot, wurde ihre Person auf andere Weise in ihren Reportagen gegenwärtig. Der Majestät des Faktischen begegnete sie mit einer Ehrfurcht, der eine höchst spezielle, zu ungewöhnlichen Fügungen fähige Gewähltheit entsprach. Das letzte Bier, das die jungen Massenmörder trinken, »besiegelt die Nacht«. Das angewinkelte Bein eines Strichjungen »wirft einen aggressiven Schatten auf das Trottoir«. Seine Kollegen »überbieten in ihren Silhouetten kaum eine durchschnittliche Frau«. »Im Lebensernst erstarrte Männer führen Scherzartikel vor.« Alte Frauen »erschöpfen sich vor Angst«. Ein Transvestit hat einen »wie ein Rennradsattel schmal geformten Kopf«. Der unbeständige Mathurin ist »wetterhaft«. Die Auftritte des Polizeipräsidenten und des Ministers »sind ein ratloses Beehren des Tatortes«. Man wird auf jeder Seite auf sprachliche Figuren stoßen, denen man noch nie vorher begegnet ist. Sie werden von einem Genauigkeitsexzess hervorgebracht, der jene Überschärfe erzeugt, in welcher das erjagte Detail schon wieder in Unschärfe übergeht. Diese Gewähltheit des Ausdrucks erwächst aus dem unbedingten Ernstnehmen von allem Sichtbaren. Anders als in der juristischen Würdigung der Verbrechen vor Gericht sieht sie sich in der Pflicht, keinerlei Unterscheidung zwischen dem Wichtigen und dem Unwichtigen zuzulassen. Eine Tat setzt sich aus allen Winzigkeiten der Begleitumstände zusammen – bei ihr gibt es keine die Beobachtungen bündelnde Abstraktion, denn sie ist jedem höchst einzigartigen Fall hingegeben, und dazu gehört auch, welcher Geruch einer Hausmeisterloge entströmt und dass das Pepitahütchen eines Zeugen zwei metallgefasste Belüftungsösen hatte.

Da kann man sich vorstellen, dass bei solchen Recherchemethoden das seelische Gleichgewicht des Reporters bedroht ist. Das Schreiben einer solchen Reportage muss mit einer immensen Anstrengung verbunden gewesen sein; Marie-Luise Scherer hat gelegentlich darüber gesprochen. Um zu der für sie bezeichnenden delirierenden Präzision bei der Schilderung der Verbrechen in ihrer einzigartigen Niedertracht zu gelangen, schreckte sie nicht zurück vor einer bis ins Komische reichenden Feierlichkeit. Darin war verborgen, was der oberflächliche Leser zunächst vermissen mochte – ihre Moral: der Imperativ, allem, was sie zu beschreiben unternahm, unbedingt gerecht zu werden.

Eindringlich im Gedächtnis bleiben die vielen Opfer der Mörder, die alten Frauen, von denen jede ein kleines Porträt erhält, den ovalen Porzellanplaketten mit Fotografie vergleichbar, wie man sie auf romanischen Friedhöfen findet – allein diese Rechercheleistung ist erstaunlich, denn solche einsamen Menschen sind ja schon vor ihrem Tod Vergessene gewesen. Baudelaire hat den »Kleinen Alten« von Paris in den *Fleur du mal* vier Gedichte gewidmet, aus denen hier in der Übertragung von Stefan George zitiert sei; die Beschreibungen der Marie-Luise Scherer klingen wie ein Echo auf diese Gedichte, als habe Baudelaire ihr für die verlorenen Existenzen in der übergroßen Stadt die Augen geöffnet: »Sie trippeln ähnlich wie die Polichinellen / Sie schleppen sich wie verwundete Tiere fort / Und ohne zu wollen tanzen sie, arme Schellen / Daran sich ständig ein Dämon hängt! So verdorrt / Sie auch sind ... / Geduckten Ganges euch schämend mit furchtsamem Blicke / Verschrumpfte Gestalten, die ihr an die Mauern streift / Euch achtet keiner – seltsame Geschicke / Ihr Trümmer von Menschen, die ihr für die Ewigkeit reift!« Diese kleinen Alten sind es, die in Marie-Luise Scherers Bilderbogen auftreten, zu einem modernen gotischen Totentanz vereint. Aber die kleinen Alten, die den beiden Strichjungen aus der Karibik in die ebenso feingliedrigen wie brutalen Hände fielen, waren beinahe alle Überlebende der Schreckensgeschichte des zwanzigsten Jahrhunderts. Die meisten von ihnen Emigranten – aus Armenien, Russland, Polen und Nordafrika. Sie hatten ihr Leben gerettet vor den Massakern der Nazis, der Kommunisten und der Jungtürken – dabei hatten sie ihre Familien verloren; nun waren sie Übriggebliebene, in der Anonymität der Metropole der Emigration ohne Hoffnung auf Heimkehr ihren Tod erwartend. In Paris hatten sie sich vor der Gewalt ihrer Verfolger in der Heimat sicher fühlen dürfen, wenn ihre Welt sonst auch untergegangen war – und gerade hier war ihnen ein schlimmes Ende bestimmt.

Wie ein Polizeidetektiv hat Marie-Luise Scherer alle ihre Wohnhäuser aufgesucht. Aus den zufälligen Eindrücken von Conciergen und Nachbarn hat sie sich Bilder der getöteten Frauen zusammengesetzt. Sie hatten die französische Gewohnheit angenommen, jeden Tag ein frisches Baguette zu kaufen, aber immer nur ein halbes, weil sie allein lebten. An diesem halben Baguette erkannten die auf der Lauer liegenden Mörder die Einsamkeit ihrer präsumptiven Opfer. Der Beschreibungskunst der Marie-Luise Scherer gelingt es, dass der Leser unversehens die alten Frauen mit den Augen ihrer Peiniger sieht: ihre gebrochene Kraft, ihre mühevollen Fortbewegungen, ihre Heimkehr in Wohnungen, deren Nachbarn man nur flüchtig kennt. Hier die lebenshungrigen jungen Proletarier, ohne Aussicht auf einen Aufstieg aus den Abfallgruben der Gesellschaft – dort die gebeugten humpelnden Gespenster, denen das Leben längst nur noch eine Last ist. Was die kleinen Alten in ihren winzigen Wohnungen gehortet haben, bringt ihnen keine Freude mehr, aber für die Mörder ist es genug, um es in einer Stunde mit Genossen zu verschwenden. Wer registriert schon, wenn solch ein überflüssiges Leben, das sich selbst nur noch Mühen bereitet, mit einem entschlossenen Schlag ausgeknipst wird wie eine Nachttischlampe? Werden die Motten, die hier eine Abkürzung ihrer Plagen erfuhren, nicht doch irgendwie aufgewogen von dem jugendlichen Kraftüberschuss, der sich in Orgien und Champagnergelagen austobt? Eine schauerliche Arithmetik, zu welcher die besessene Teilnahmslosigkeit der Berichterstatterin den Leser verführen könnte.

Aber das Leben der kleinen Alten wurde nicht einfach ausgeknipst. Die Mörder bereiteten ihnen einen qualvollen Tod, der die Beiläufigkeit, mit der sie ihre Verbrechen begannen, Lügen straft. Wenn sie Blut sahen, wurden die jungen Männern zu entfesselten Raubtieren. Was war es, was sie dazu trieb, sich an ihren Zufallsopfern zu vergehen, als hätten sie sich an ihnen für etwas zu rächen?

Diese Frage stellt sich der Leser – Marie-Luise Scherer hat darauf verzichtet, eine Antwort zu suchen, ja sogar die Frage auch nur niederzuschreiben. Im zwanzigsten Jahrhundert hat man sich daran gewöhnt, das Verbrechen zu pathologisieren; je schlimmer die Tat, desto schneller ist nicht mehr von Schuld, sondern von Krankheit die Rede. Auf jeden Fall versuchen alle, die sich mit der Aufklärung solcher Verbrechen befassen, den Täter »zu verstehen« – was war der tiefe Grund hinter Habgier und Zerstörung – was war es, was das Rauben und Morden gleichsam zwangsläufig werden ließ?

Es fällt erst allmählich während der immer bedrückender werdenden Lektüre auf, dass Marie-Luise Scherer auf eine Lieblingsbeschäftigung ihrer Zeitgenossen gänzlich verzichtet: das Psychologisieren. Die Verwahrlosung während des Aufwachsens der Mörder wird durchaus geschildert, aber es ist klar, dass sie zur Erklärung der Taten nicht ausreicht; solche Verhältnisse gibt es hunderttausendfach, ohne das notwendig Bestien daraus hervorgingen. Es mag so sein, dass sie die Frage: Warum? als unzulässigen Versuch empfunden hätte, die unerhörte Gewalt der Vorfälle abzuschwächen, sie nicht an sich heranzulassen, sie zu rationalisieren. Sie war eben keine Gerichtsreporterin, die an der Aufklärung des Geschehenen teilnimmt. Ihr Platz war dort, wo das Einordnen und Abstrahieren noch lange nicht begonnen hat. Und in dieser Beziehung war sie zutiefst unpolitisch, höchst überraschend für das Magazin, wofür sie schrieb. Wie man sich zu dem, was sie schilderte, zu stellen habe, das musste der Leser schon selber wissen. Sie wollte nur Material für das Urteil zusammentragen, freilich mit einem Aufwand, der in Deutschland jedenfalls seinesgleichen suchte.

Seit den Sechzigerjahren des vorigen Jahrhunderts haben zunächst vor allem nordamerikanische Autoren versucht, die Kluft zwischen Zeitungsreportagen und der Literatur zu überwinden. Was man New Journalism nannte, war ein radikal subjektives Schreiben, das eine kämpferische politische Parteinahme keineswegs ausschloss. Die Reportagen dieser Schule sollten vom Reporter wie selbst erlitten scheinen. In manchen dieser Stücke verschoben sich die Grenzen zwischen Fakten und Fiktionen. Marie-Luise Scherer wählte den genau entgegengesetzten Weg, um ihre Reportagen Literatur werden zu lassen. Sie sagte niemals »ich«, aber sie erschuf sich vor den Augen der Leser durch ihre erzählende Stimme als ein Wesen von übernatürlicher Wahrnehmungsfähigkeit – als ein Bewusstsein, das sich unter Dauerbeschuss sinnlicher Eindrücke befand und unter dem Zwang stand, allem einen Namen zu geben. Was sie beschrieb, wurde wirklicher als wirklich – das war es, was sie unter Realismus verstand.

Solches Schreiben kann man nicht lernen, gewiss nicht auf einer Journalistenakademie. Die ästhetische Leidenschaft, die ihrer Seh- und Schreibweise zugrunde lag, hat sie nirgendwo erworben, sie gehörte zum unbestechlichen Charakter dieser schließlich in ihrer Meisterschaft erkannten Künstlerin.

Marie-Luise Scherer 1982 bei Ré und Philippe Soupault
Foto *Eckhard Supp*

Marie-Luise Scherer, 1938 in Saarbrücken geboren, war Schriftstellerin, Reporterin und Journalistin. Ohne Abitur und Studium begann sie als Lokalreporterin und machte sich mit ihrem hochpräzisen Stil schnell einen Namen. 1974 wurde ihr eine Anstellung beim SPIEGEL angeboten, für den sie mehr als zwanzig Jahre lang Reportagen verfasste und dabei das journalistische Genre zu einer eigenen Kunstform entwickelte. Sie erhielt zahlreiche Auszeichnungen, darunter 1994 den Ludwig-Börne-Preis, 2008 den Italo Svevo Preis und 2011 den Heinrich-Mann-Preis. Scherer starb 2022 in Damnatz. Zuletzt erschien bei Matthes & Seitz Berlin *Die Hundegrenze*.

Martin Mosebach, 1951 in Frankfurt am Main geboren, war Jurist, bevor er sich dem Schreiben zuwandte. Seit 1983 veröffentlicht er Romane, dazu Erzählungen, Gedichte, Libretti und Essays über Kunst und Literatur, über Reisen, über religiöse, historische und politische Themen. Er erhielt zahlreiche Auszeichnungen und Preise, darunter den Heinrich-von-Kleist-Preis und den Georg-Büchner-Preis. Er lebt in Frankfurt am Main.

Die Bestie von Paris erscheint als Buch der Friedenauer Presse. Gegründet wurde die Friedenauer Presse 1963 in der Wolff's Bücherei im Berliner Stadtteil Friedenau, dem sie ihren Namen verdankt. Der Verleger Andreas Wolff, Enkel des Petersburger Verlegers M. O. Wolff, veröffentlichte bis 1971 in loser Folge 36 Drucke. Von 1983 bis 2017 wurde der Verlag von Katharina Wagenbach-Wolff geführt, seit 2020 ist die Friedenauer Presse ein Imprint des Verlags Matthes & Seitz Berlin.

Textnachweise:
»Die Bestie von Paris« (*Der Spiegel* 52/1990),
»Dinge über Monsieur Proust« (*Der Spiegel* 1/1991),
»Der letzte Surrealist« (*Der Spiegel* 7/1983),
»Kleine Schreie des Wiedersehens« (*Der Spiegel* 31/1988)

Sämtliche Texte erschienen 2004 mit weiteren Reportagen in der Anderen Bibliothek unter dem Titel »Der Akkordeonspieler«, herausgegeben von Hans-Magnus Enzensberger, und 2013 erstmals in dieser Zusammenstellung bei Matthes & Seitz Berlin.

FRIEDENAUER PRESSE
Wolffs Broschur

Erste Auflage dieser Ausgabe Berlin 2023

© 2013 MSB Matthes & Seitz Berlin Verlagsgesellschaft mbH, Großbeerenstraße 57A, 10965 Berlin

info@matthes-seitz-berlin.de

Alle Rechte vorbehalten.

Gestaltet und gesetzt von ciconia ciconia, Berlin.
Die Herstellung besorgte Hermann Zanier, Berlin.
Gedruckt und gebunden von Art-Druk, Szczecin.

ISBN 978-3-7518-8006-0

www.friedenauer-presse.de